Siempre me avisan los perros

OSCAR RAMÓN GIL LEAL

ISBN: 0578407337
ISBN-13: 978-0578407333

DEDICATORIA

A mi papá, Oscar Gil Rodríguez, y a su socio y cuñado, mi padrino, Manuel Vila Martínez, de quienes nació la sociedad que se nombró «Vila y Gil», en Ciego de Ávila, Cuba.

A mi papá, que murió triste, como mi abuelo paterno, el isleño que recreo en «Siempre me avisan los perros».

A mi papá, que tuvo girasoles en el pecho, y a quien Dios proveyó de todo de lo que fue desposeído.

A mis hijos Abraham y Lemuel, que me ayudaron en la corrección de los textos. Hoy ambos fuera de Cuba.

CONTENIDO

PRÓLOGO

Estos trabajos obedecen a la necesidad de dar a conocer algo de la vida y las costumbres de parte del siglo veinte cubano, y exponer algunos criterios y valores que han sido silenciados por más de cincuenta años. Ya no está Ramiro Guerra, y sus hijos espirituales escriben bajo la égida de Máximo Gorki: el miedo.

Necesariamente arropan estas narraciones personajes y situaciones ficticias, pero todas ellas nacen de realidades incuestionables e históricas. Gente de carne y hueso, algunos que aún viven, son los protagonistas de estas páginas.

El autor no tiene quién hable por él, por eso debe hacer su pobre y escueta reseña. Entre humor, ironía y amargura, caminará por senderos todavía frescos en la memoria del cubano.

Es mi deseo que sirva de entretenimiento su lectura, a la vez que se pueda apreciar algo de nuestra ya larga historia. No tenga duda de que estos relatos son verdaderos en su esencia.

ORGL
17 de octubre de 2013

DOS MILÍMETROS

Cuando fue a cerrar la puerta del fondo de la casa descubrió que el pestillo no entraba en el orificio del marco. No podía cerrarla a no ser que la violentara.

Por años el pestillo había funcionado bien. Nueve milímetros de diámetro tenía el hueco de la planchuela de acero inoxidable y siete el pestillo. Siempre había entrado y salido sin roce alguno. Al buscar la causa descubrió que no estaban concéntricos ambos elementos: la barra del pestillo estaba dos milímetros más abajo.

De niño había tenido la tendencia de averiguar el porqué de las cosas. Así, temprano, supo que el tic-tac que escuchaba en la noche provenía del reloj, y que la bombilla que parpadeaba en la oscuridad obedecía al aleteo de mariposillas que la circunvalaban.

Buscó siempre las causas de los efectos. Sabía que existían misterios. ¿Por qué la Tierra no se precipitaba al vacío? ¿Dónde terminaba este? Y si terminaba, ¿en qué terminaba y qué había más allá? ¿Cuál era el combustible que usaba el sol y por qué no se agotaba? Si Dios existía, ¿de dónde había salido? Y si no existía, ¿quién había organizado y diseñado todo? Si los evolucionistas tenían la razón, ¿de dónde salió la materia? Y si la materia siempre era, cuando no era, ¿entonces qué era?

En fin, pensaba, que se anda y se vive a ciegas. Pero que una persona no tenga ojos no quiere decir que las cosas no existen. Las figuras están ahí, solo que hay quien no las ve.

El marco que soportaba la puerta era de júcaro negro, madera preciosísima, resistente a la podredumbre y a la carcoma, e idónea para esta estructura. Las paredes en donde estaba anclado eran de mampostería y no tenían deterioro ninguno. Comprobó con la plomada la perpendicularidad del elemento; la escuadra le dio ángulos rectos en los dos vértices. Concluyó que en el marco no estaba el problema.

La puerta era de cedro, escopleada y equidistante del marco en todo el recorrido perimetral, construida con madera seca. Las tres bisagras de libro ajustadas y sin sobresalir la línea de la madera. Ningún tirafondo suelto ni oxidado. La chapilla con el orificio de penetración firme.

Pero no estaban centrados el pasador y el orificio, y el primero, al chocar con la lámina, no consumaba el cierre.

–Efecto sin causa conocida –concluyó–. Uno más.

Decidió reparar el daño al día siguiente, al mediodía, cuando trajera de su trabajo los útiles que necesitaba.

En el tiempo previsto alineó las herramientas en el piso. Destornilló los tirafondos de la chapilla, cegó con astillas encoladas los tres agujeros y cortó con el filoso cuchillo los sobrantes. Pasó una lija de grano fino sobre la superficie y desplazó la lámina dos milímetros más abajo, expansionando en su base el hueco en la madera. Barrenadas las nuevas señales colocó y fijó la chapilla.

Concluido el trabajo probó a cerrar la puerta, lo cual logró sin traba ni roce alguno.

–¡Qué poco sabemos! –se consoló.

Regresó a su bolsa el berbiquí, el destornillador, un pequeño martillo y el centra punzón. También el metro y el lápiz de grafito, la pequeña escuadra, un trocito de madera de cedro y el frasco de pegamento. Recogió un pedazo de jabón con el que había untado los tirafondos y la punta del pestillo, y la alcuza de aceite con la que lubricó las bisagras. Todo fue meticulosamente guardado. Siempre había sido ordenado.

Finalmente guardó el cuchillo, de veinte centímetros de hoja, con el filo previsoramente hacia abajo y envuelto en un periódico. ¡Tantos útiles para tan poca cosa! Pero así es. El destornillador para tres tirafondos, el cedro para tres astillas, el cuchillo para cortar las astillas. Todo lo necesario para corregir un desperfecto de tan solo dos milímetros.

Estaba solo en su casa y le quedaba el tiempo justo para regresar a su taller, a fin de cumplimentar el horario y las tareas de la tarde. Yendo camino a la sala, y a escasos dos metros de la puerta de salida, un hombre enmascarado lo encañonó con un revólver.

Vio la llama del fogonazo. Sacó el cuchillo de la bolsa. Hirió el aire. Otra detonación. Silencio.

Cuando despertó advirtió que le tomaban el pulso.

—Tiene suerte, señor —le dijo una voz amable—. Sus heridas no son graves, pronto estará bien.

—¿Capturaron al ladrón? —preguntó débilmente.

—No, no era un ladrón. Era un connotado criminal evadido del presidio que ahora está en la morgue. La autopsia reveló una herida que perforó el corazón. Usted no tendrá problemas. Llámese dichoso.

El herido cerró los ojos y musitó:

—¡Dos milímetros!

—Divaga —le dijo el médico a la enfermera que regulaba el suero—. Es la resaca de la anestesia. Ya se le pasará.

22 de abril de 2007

EL CANARIO
(El día en que yo nací)

Mi amigo, el Canario, tiene sesenta y seis años. Nació en el siglo veinte, en el 1939. «Parece que fue ayer». Y no. Han pasado 24,090 días; 578,160 horas; 34 millones 689 mil minutos; y 2,081 millones 376 mil segundos. ¿Qué cuántas décimas de segundo tiene mi amigo? Por favor. No. Mi calculadora tiene espacio solo para diez dígitos.

Aunque mi amigo tiene cierta edad y su deterioro va siendo evidente, el polvo que pisan sus pies, los rayos de sol que dan en su pelo ralo y canoso, la circundante naturaleza, mutante, viva y muerta, el río Majagua en donde nos bañamos de chicos... todo eso no ha envejecido.

Lo único que realmente no envejece es el tiempo, y la naturaleza, y el agua en su ciclo eterno, en su ir y venir de las nubes a la tierra. No hay años para el Yunque de Baracoa, ni para el Pico Turquino, ni para el Océano Pacífico. Aun así la tierra está envejeciendo, porque somos muchos a tomar de ella. Pero es un desgaste lento, suave. Y cuando el deterioro es evidente y peligra, ella misma sacude su lomo, trasquila, arrebata, arremete, mata, y se renueva.

Los seres que emergen, entre ellos el hombre, tienen un ciclo finito: nacen, crecen, se desarrollan y mueren. Y antes y después está Dios. Sería demasiada casualidad que la casualidad existiera. En todo se ve un programa. Es el orden del programador y no de la fortuna.

El Canario, en su ciclo vital, ha envejecido donde tantas cosas no envejecen. Y a pesar de poder adornar el recorrido de su tránsito por la tierra con números, estos le juegan una mala pasada y tiene un gran problema: no le alcanza el dinero. Bueno, a casi nadie le alcanza. «Si se es honrado y se nace pobre, no hay tiempo para ser sabio. Y ser rico», dijo el Apóstol. «Pero mal de muchos consuelo de tontos», dijo otro.

A mi amigo no le alcanza su pensión. Trabajó cuarenta y seis años de chofer de ómnibus. Once meses anuales, diez horas diarias. Y en todo ese recorrido por el tiempo, ¡solo una multa de cinco pesos! El Canario cuenta con doscientos dos pesos de retiro. Todas las demás cifras, ¡a la porra!

Hace poco se lamentaba de su situación y yo, que a veces creo saber mucho, le recomendé:

—¿Por qué no te haces ciudadano español? Te dan una ayuda sistemática, y entre lo que ganas y lo que te puedan dar va y llegas a lo que necesitas.

—¡Qué ciudadano español de qué, chico! Yo soy cubano ciento por ciento —me dijo con fervor nacionalista.

—Como te dicen el Canario yo pensé que tú eras isleño.

—¿Pero usted es bobo? —protestó—. ¿Usted no sabe por qué a mí me dicen el Canario?

Su carcajada estrepitosa e inculta casi me intimidó. Al reírse dejaba ver más dientes que boca, pues sus prótesis dentales parecían haber sido hechas con dientes de más. Y cuando se les despegaban de las resumidas encías, mordía el aire para volverlas a fijar al soporte de su anclaje.

—Te voy a contar por qué me dicen el Canario —me dijo, apretando las muelas para descansar de los mordiscos que a veces le molestaban.

«Cuando yo nací mi mamá tenía una niñita de tres años, hija de un gallego que les dejó al morir una herencia de tres meses de alquiler sin pagar, en un cuartito de una de las cuarterías más indigentes de Ciego de Ávila. También heredó mi mamá la tuberculosis que él padecía y de la que, finalmente, ella misma murió.

»A la niña la crio una hermana del difunto y yo me quedé viviendo con mi mamá. Dormíamos en la misma cama y comíamos del mismo plato. La tuberculosis no estaba para mí. Cuando cumplí los siete años salí con un cajoncito de pino a limpiar zapatos, porque mi mamá estaba muy enferma para ese entonces y yo era el único sostén del hogar. Desde muy corta edad supe lo que eran el hambre, la miseria, y todas las vicisitudes de los pobres.

»Yo usaba los apellidos de mi madre y no conocía quién era mi papá. Pero desde temprano, por ella, yo tenía una imagen suya. Mi padre era un vago, un chulampín. Y de ahí para adelante póngale todo lo que quiera. Del muerto nunca se hablaba.

»El otro lado de la moneda, y no contado por ella sino por un tío paterno, era que cuando mi papá tenía dieciocho años le hacía las compras a mi mamá, quien en ese entonces era una hermosa viuda de veinticinco años que tenía una niña pequeña. Y el último mandado lo hizo con gran laboriosidad: dejó su semilla en la barriga de mi madre y después, al verla embarazada, desapareció.

»Finalmente lo vine a conocer cuando tenía doce años. Yo estaba descalzo, con un chorcito y un pulóver sin mangas en el que cabía dos veces, con mi cajoncito y un banquito, esperando a que viniera algún cliente a limpiarse los zapatos. En eso se paró a mi lado un hombre de mediana estatura, corpulento y muy velludo, que tendría unos treinta años. Me puso la mano en la cabeza y me dijo: "Yo soy tu padre".

»Yo nunca he visto a Dios, pero ese día fue como ver a Dios. Fuimos donde mi mamá y ellos hablaron. A poquito ella me estaba dando un baño y restregándome todo. Porque en los momentos importantes era ella quien lo hacía, pues decía que yo me dejaba todo el churre.

»Mi padre me llevó a una peletería en la zona comercial que corre a ambos lados de la calle Independencia y escogió un par de zapatos amarillos. Me los compró desahogados, casi que me quedaban grandes. De allí, con los zapatos en su caja, entramos en una tienda de ropas. Me compró unas medias amarillas y un pantalón y camisa amarillos. Para rematar escogió un cinto y una gorra ¡amarillos también! Fuimos al probador y me mandó a vestir, él mismo me puso las medias y los zapatos después de sacudirme los pies.

»Yo estaba loco de contento. Ese día conocí la felicidad. El que no tiene nada es feliz con poco y yo tenía mucho. Estoy seguro que esa mañana el sol y yo competíamos.

»Llegamos a la Confronta, la fonda de Anacleto, en donde se dice que a veces comía Benny Moré en sus tiempos malos, y allí almorzamos. Ese fue el primer almuerzo decente de mi vida y el verdadero día en que yo nací.

»Recuerdo que me dijo: "Come hasta que te llenes. Pide sin miedo". Ordenamos arroz congrí, bistec de palomilla, plátanos maduros fritos y ensalada de aguacate. Se tomó tres cervezas Hatuey y permitió que yo me tomara una. Como muchacho de la calle me gustaba beber, pero solo tomaba sobras, buchitos. A mi mamá le llevó una cantina con comida.

»Se fue esa misma tarde y le dejó a mi madre cinco pesos. No lo vi más hasta pasados cuatro años, cuando ella murió y yo me fui a vivir con él, a Matanzas.

»Como el hambre no deja crecer mucho yo fui casi del mismo tamaño desde los doce hasta los dieciséis años. Crecí y me hice hombre en Matanzas. Allí estudié hasta alcanzar el sexto grado mientras trabajaba. Después llegué hasta el noveno pero eso fue un invento, yo lo que tengo es sexto grado. En Matanzas me puse los dientes. Allí me hice chofer y me retiré.

»Pero, ¿el Canario? Cuando mi padre se fue de Ciego de

Ávila después de su única visita a verme, me dejó un nombre más fuerte que el de la Inscripción de Nacimiento en el Registro Civil.

»Yo estaba orgulloso con aquel atuendo amarillo. La única ropa que tenía la había olvidado en el vestidor con toda la emoción que traía, y cuando pensé en buscarla ya era demasiado tarde.

»Seguí limpiando zapatos y la gente me empezó a decir el Canario. Al principio yo no sabía por qué me llamaban así.

»Estuve tres años vestido de amarillo. Cuando la mudita de ropa se ensuciaba, mi mamá la lavaba en la noche y amanecía seca. El tiempo, la tinta y el betún hicieron estragos en mi uniforme, pero no en mi nombre.

»Cuando fui para Matanzas lo hice con un amigo de mi edad que se encausó conmigo. Como la gente lo escuchaba decirme el Canario comenzaron a llamarme igual.

»Yo soy cubano puro —concluyó—. Y seguiré remando con mis doscientos dos pesos de retiro. Tal vez si hubiera sido hijo del gallego… ¡Pero no! Prefiero haber sido hijo del chulampín de mi padre, ¡que me vistió de amarillo completo!»

Y soltó su carcajada. Pero esta vez, cuando fue a morder los dientes, se topó con las encías desnudas, porque las prótesis habían caído al suelo.

Enero de 2007

¿ENCONTRARON A LA GENTE?

El hombre estaba muy inquieto en su cama, con una mano de menos, la derecha. La enfermera acababa de medicarlo y regularle el suero que goteaba casi al compás del corazón.

—Tenga calma —le dijo—. Ya pronto amanecerá y se sentirá mejor.

¿Cómo sentirse mejor? Yo lo asistí a medias en su primera noche en el hospital, después de haber sido intervenido en el quirófano. No tenía familiar ni amigo que le acompañara. Solo nosotros, los que estábamos allí por diferentes asuntos y ninguno grato, en la muy larga noche de paciencia y penas, podíamos brindarle insulsa compañía. Al día siguiente después de la visita médica nos hizo el siguiente relato:

—Mi casa queda a la salida del pueblo, a unos escasos pasos de la carretera, entre matorrales. Como la tengo a medio construir aquello está un poco descuidado. Yo llegué del trabajo como de costumbre, entre dos luces, y me sorprendí al ver en la sala de mi casa a un hombre en calzoncillos que bebía ron con mi mujer. Verme y caerme los dos encima fue la misma cosa. Me pegaron con lo que encontraron, y él encontró un machete. El golpe fue dirigido a la cabeza y el brazo fue a atajarlo. La mano me estorbaba para correr, por lo que tuve que sujetarla con la otra mientras huía. Él iba detrás, bien cerquita, seguido de mi mujer que gritaba como una loca poseída: «¡Mátalo, Jacinto, mátalo!» La verdad es que si estoy vivo es un milagro.

—Y ellos ¿qué se hicieron? —pregunté.

—Andan huyendo —me contestó—. La policía no los ha encontrado.

De vez en cuando veía a mi accidental conocido, ya con su herida sana y el impúdico muñón al descubierto.

—¿Prendieron a la gente? —le preguntaba invariablemente.

—No —me respondía—. Todavía andan huyendo.

Con el tiempo olvidé a aquel desdichado, o más bien quise olvidar incidente tan desagradable. Pero un día lo volví a ver.

Libre y títere, el brazo mocho pendulaba al andar garboso del hombre que envolvía, con su otra extremidad, los hombros desnudos y secos de una mujer.

—¿Cómo está amigo mío? —saludé afectuoso.

Y dirigiéndome a su acompañante con una sonrisa:

—Buenas, señora.

—Buenas —contestó apenas.

—¿Y qué? —volví con la pregunta acostumbrada—. ¿Encontraron a la gente?

Él, dirigiendo la mirada vacilante a su acompañante, balbuceó apenas:

—Ella.

Yo solo atiné a responderle:

—¡Ah! Qué bien.

Y seguí, atónito, mi camino.

17 de septiembre del 2003

NOS ENTENDEMOS

En una de las casas del batey vivía el mayoral Gumersindo con Dolores su mujer, a la que todos conocían por Lola la Horra.

Durante la zafra de la piña las cuadrillas de cortadores y canasteros llegábamos en los camiones a la grúa del caserío cuando aún era muy oscuro, que era el punto de partida para los piñales. Allí nos esperaba Lola, fresca como la noche que espantaba el amanecer, luchadora, defendiéndose con su ventica de café.

Mis hermanos y yo veníamos recomendados como buenos trabajadores, y así era. La primera vez que el mayoral nos dirigió la palabra después de emplearnos por orden de Meneíto, el administrador de los negocios de Benito Remedios en Ciego de Ávila, fue para decirnos: «Aquí está prohibido comer piñas».

A mí poco se me importaba. No soy comedor de piñas. Y la yuntica que me llevaba de vez en cuando para mi familia y para hacer regalos de pobre iba muy calladita en el fondo de mi jaba. Había algunos, pero eran los menos, que tragaban más piñas que la fábrica y el embarcadero juntos y sin problema alguno. No dejaban rastros, parecía como si los desperdicios se los tragara la tierra. El capataz lo sabía y disimulaba. Él se había criado en esos campos, y aunque un poco empinado por el cargo seguía siendo de los de abajo. ¡Nadie sabe las vueltas que da este mundo!

Gumersindo era muy exigente. Casi se creía que la producción era suya. Las guardarrayas tenían que estar limpias y los cultivos en forma. Era el encargado de velar porque los números estuvieran en orden. La caballería, al primer corte, estaba por las trece mil y pico de docenas. En el segundo, entre dieciocho y veinte mil.

Cuando el dueño venía de La Habana para voltear lo suyo la voz autoritaria del mayoral le anunciaba a Lola: «Prepárale un pollo cantón a Don Benito».

Este, siendo un hombre muy corpulento y de sano apetito, se lo comía entero, sobrando solo los huesos y las patas que Lola dejaba «para que dieran punto», como ella decía.

Por la comedera de piñas nunca hubo dificultades, ni con Meneíto el administrador ni con Don Benito. El problema vino por otro lado, por donde nadie se lo esperaba.

Todo comenzó con un comentario de poca fuerza. Y lo peor era que no estaba mal encaminado. La lengua decía, y las orejas escuchaban, que Paco el Zamorano y Lola la Horra se entendían. De que si sí o de que si no. Pero parece que sí. Ella dejó en un principio de cobrarle el café y él, en retribución, le sacaba el agua del pozo. Como que se intercambiaban favores. ¿Cuántos? Nadie lo sabía. Arreciaba el cuchicheo y Gumersindo se enteró.

Cerca de la casa estaba el molejón donde afilábamos los cuchillos de faena, y pegadito a este había un pajonal de hierba de Guinea que Meneíto había querido conservar por sus propias razones. Yo estaba acuclillado allí por una necesidad del cuerpo, callado, como mi diligencia lo requería y con sendas tusas en las manos con las que me espantaba las guasasas, cuando llegaron Gumersindo y Lola.

Más bien la traía casi a rastras. Ella, molesta, se liberó de un tirón y se recostó al molejón cruzándose de brazos, jeremiqueando. En el pozo sacaba agua el Zamorano sin percatarse de nada. Cuando Gumersindo reparó en él voceó enérgicamente: «¡Zamorano!»

Paco era bestia de mal montar, había que irle por el lado por donde no corcoveara y este no era el suyo. No era hombre hecho a los gritos. Se encaminó a la pareja y Gumersindo, corajudo, le dijo:

—Fíjate, Paco. La gente anda diciendo por ahí que tú y mi mujer se entienden. Y esto tiene que aclararse, porque de mí no se ríe nadie. Me das cuenta ¡y ahora mismo!

El otro, con muy mal genio le respondió:

—Sí. Es verdad. Nos entendemos. ¿Y qué?

Y dirigiéndose a ella:

—¡Anda! Cuéntale tú.

Lola, sin un tantico así de pudor lo confirmó:

—Así es. Ya lo sabes. Nos entendemos.

Yo miré por entre las rendijas del pajonal el filoso cuchillo del piñero y el sobrancero paraguayo del mayoral y presentí lo peor. Todavía no sé cómo Gumersindo se aflojó. Se le fueron todas las roñas y se le olvidó lo hombre que había sido. Los tres escuchamos el susurro de sus palabras con la vista en el suelo y pálido el rostro:

—Paco... yo lo que quiero es que no me la lleves...

Y ahí terminó todo. Yo me fui con el cuento a la cuadrilla y ya al día siguiente la gente comenzó a maliciar. El uno le decía al otro: «Oye, fulano, préstame la canasta». Y aquel le contestaba: «Tómala, chico, yo lo que quiero es que no me la lleves».

El viejo Rojas fue quien paró todo aquello. «Muchachos», nos dijo. «Dejen el jueguito que eso va a terminar mal». Y así lo hicimos.

Y parece que sí, que Lola era horra, porque no paría.

31 de octubre de 2001

13

COLESTEROL

Tomás fue barbero, hijo de barbero y nieto de barbero. Su fisonomía es muy fácil de describir: tiene un metro setenta centímetros de estatura y pesa setenta kilos. De la nuca al talón se perfila una línea severamente recta, sin glúteos ni curvatura alguna en la columna vertebral. Por el frente tiene un accidente natural y otro artificial. El primero es una prominente barriga que nace debajo de las tetillas y muere en la pelvis; el segundo es un tabaco permanente en la boca que unas veces está encendido y otras no. El tabaco parece el carro de una máquina de escribir yendo de un carrillo a otro por el patín de la dentadura, a veces enhiesto hacia la nariz y otras gacho. Anda tocado siempre con un sombrerito color caqui, indescriptible, algo así como un híbrido de gorra, boina y sombrero tejano.

A Tomás le gusta el progreso. De barbero se hizo técnico de laboratorio «saca sangre y pincha nalga», como él mismo decía. Con otro curso más llegó a enfermero y, finalmente, se acogió a un plan educacional en el que calificó para estudiar medicina. De médico a especialista. Especialista en vergas, próstatas, riñones, vejigas, en fin, se hizo urólogo. Ahí

14

fue cuando lo conocí. En ese tiempo yo era ayudante de un carnicero en un restaurante. Nuestra amistad surgió como casi todas: por accidente.

Un día lo solicité de urgencia para atender al suegro de un amigo mío. El anciano estaba inválido y padecía de demencia senil. En todo el día no había evacuado su vejiga. Acostamos al enfermo en una cama pues normalmente estaba en una silla de ruedas. Tomás le palpó el «bajo vientre» y dijo:

—Tiene el tanque lleno.

Se puso unos guantes, lubricó una sonda y la introdujo por el caño al tiempo que decía mirando al paciente:

—Te estamos sacando el agua del radiador.

La hija del enfermo, Gabriela, escuchaba estupefacta.

—Ahora vamos a medir el aceite —continuó.

El viejo trató de huir a la agresión, pero el dedo, engrasado y diestro, palpó la próstata.

—Mira, mija —le dijo a la mujer—. Enfermedad de viejos. Por ahí se nos quema el fusible a los hombres. No hay que trastear mucho a tu padre ni está en condiciones de operarse con sus ochenta y siete años. Dale el sulfaprim cada doce horas, mucho líquido y cocimientos de Caisimón, Pino Africano o Albahaca Mondonguera. ¡Ah!, y semilla de calabaza. Todo eso es refrescante y antiinflamatorio. Unas goticas de Venatón y, ¡sobre todo!, mucho cariño. Le cambias la sonda semanalmente, y mientras no veas sangre en la orina o notes que hace fiebre no hay problemas. Del hospital va a venir un enfermero todas las semanas a prestarte el servicio, pero te recomiendo que aprendas a sondearlo. No es difícil y esto es un proceso que a veces es largo.

El anciano vivió cuatro años más y su hija llegó a manejarse bien con él. Después de varias visitas le dijo al enfermero que ella podía valerse sola, y así lo hizo.

En el restaurante trabajábamos pescado, cerdo, pollo y carne de res. Nosotros carneábamos y pasábamos el producto, en raciones, a la cocina. En un tanque echábamos los desperdicios del pescado y del pollo, y de este último las rabadillas adornadas con su aparato excretor.

Todo esto se lo llevaba al día siguiente un camión de una cochiquera que hacía un recorrido periódico por varios establecimientos similares.

Nosotros podíamos llevar de estos desperdicios si así lo queríamos. Muy a menudo cargaba para mi casa con un cubo de rabadillas. Desculadas y limpias, las adobaba con sal y las freía con su misma grasa en un gran caldero a fuego de leña, al punto de dejarlas tostar. Son muy sabrosas. Y la grasa de pollo exquisita, amarilla y densa. En mi casa la consumíamos en abundancia.

Tomás me visitaba a menudo y paladeaba con fruición alguna que otra perilla. Me dijo un día mientras yo trabajaba en mi fritada:

—Ustedes se están matando con esa manteca de pollo. ¡Es colesterol puro! ¡La grasa del pollo es la más dañina!

—¿Qué voy a hacer, Tomás? Tengo necesidad.

—Cuando estés como el padre de Gabriela... ¡Bueno! Al menos no te darás cuenta. ¡Van camino a la arteriosclerosis!

Primero barbero y más adelante médico, cirujano, profesor, y amigo de un ayudante de carnicero. Después, en el año de 1996, recomenzó de barbero a la par de atender, a medias, la medicina. Se hizo vendedor de helados caseros y también hacía pizzas en su casa para ir a venderlas en las clandestinas peleas de gallos. Un día vino a mi casa con un pote plástico y me pidió un poco de manteca de pollo.

—Tomás —le dije—. Pero, ¿y el colesterol? ¿Y la arteriosclerosis?

Sonrió con ironía y me dijo:

—Mejor es que te mate el colesterol que morirse de una obstrucción intestinal. ¡Echa para acá la manteca!

La fuente de la manteca terminó por secarse y a Tomás no lo volví a ver nunca más. Se fue en una lancha para los Estados Unidos.

Abril de 2007

CUENTAS POR COBRAR

«**D**uérmete curro mío,
De mis entrañas,
Que eres lo más bonito
Que hay en España».

Fermín miró a la cantaora al pasar al lado del guitarrista y le dijo, mientras dejaba caer un real de plata en el sombrero:

—¡Vale! Son buenos los curros... cuando son chavales.

Fermín era vizcaíno e irónico. Nunca pronunció el nombre de Franco. Y cuando se refería a este lo mencionaba como «El enano de Ferrol», y escupía. Cuando hablaba de los curros escupía también, por gravedad y entre sus piernas, dejando caer la saliva oscura de nicotina y alquitrán. Después se separaba de ella y la untaba en el piso con la suela del zapato. Era un hombre de dinero.

Cuando vino a Cuba a principios del siglo veinte, después de no pocos tumbos, se hizo de una mula y un serón, y así, con la mula a rastras y algunos tumbos más, logró hacerse de un carretón que halaba con desgano el animal.

Pasaron cuarenta años y ya no tiraba una mula de sus bienes sino una locomotora. ¡Cierto! Vagones cargados de madera, cemento, puntillas y disímiles materiales de la construcción, que eran la rama de su negocio, descargaban para él en la misma entrada de sus almacenes. Tan importante cliente lo consideraron los ferrocarriles que hicieron un desvío, para que el tren pudiera descargar en estos y no obstruir la vía central ni dejarle la carga lejos.

Su negocio estaba en el tramo de Ciego de Ávila y lo mismo descargaban trenes del oriente que del occidente, trayendo mercancías tanto nacionales como importadas. Su hijo Díscolo trabajaba en el Departamento de Contabilidad.

Díscolo tenía un primo hermano muy noble. Tan noble era que hasta le hacía honor su nombre: se llamaba Bonazo. Este realizaba varias faenas en el negocio familiar. Era promotor de ventas, propagandista y a veces hasta estibador.

Cuando llegaban los vagones todos los que estaban en el área, a veces Bonazo también, trabajaban en la descarga y acarreo de la mercancía. Igual lo hacían la hija de Fermín y el personal de oficina, hasta el perro Nerón ladraba como animando a la gente. La fortuna de Fermín solo se la debía a su tesón, honradez y buena cabeza. Dos veces la había perdido, pero como la araña volvía a construir su tela.

Un día Bonazo trajo un cliente de rancio abolengo pero de muy mala fama y pidió un voto de confianza para este. ¿Cómo negarle algo a Bonazo? Además, el negocio toleraba un por ciento de pérdidas. No siempre se cobraban todas.

Bonazo enfermó. Y en su etapa final todavía se disculpaba con su tío por haber recomendado al fulano aquel. Durante una visita a verlo Fermín le dijo que el hombre finalmente había pagado y que, además, él como comerciante debía saber que eso no tenía causa fatal alguna. Hablaba y hablaba Fermín mientras caminaba en círculos por la habitación. De pronto se volvió a Bonazo: «¿Me comprendes?», le dijo. Bonazo no respondió. Había muerto hacía unos minutos y se llevó esa pena a la tumba.

En un balance de fin de año Díscolo le dijo a su padre:

—¿Hasta cuándo vamos a manejar la cuenta de Malpica?

—Pásalo a «cuentas perdidas».

Había estado registrado en «cuentas por cobrar». Le visitaron los encargados de esto varias veces y finalmente los botó porque, según él, le había pagado a Bonazo personalmente. ¡Qué descaro!

Díscolo se emborrachaba un sábado en la tarde en la bodega de Vila. Por esos días estaba en auge el romanticismo por los OVNIS y alguien que creyó ver uno empezó a aglutinar a gente que miraba curiosa al cielo. Algunos salieron de sus casas y entre ellos el viejo Malpica. Díscolo dejó el mostrador donde degustaba su Bacardí, y buscando en lontananza y con ojos turbios en vez del OVNI descubrió a Malpica. Llegó a escasos cinco metros de él. Enloqueció.

—¡Malpica! —vociferó Díscolo.

El viejo se volvió al escuchar su nombre.

—¡Malpica ladrón! ¡Págale el dinero que le debes a mi padre! ¡Vecinos! ¡Hace seis años que nos debe y no le da la gana de pagar!

El viejo Malpica trataba de agarrar a Díscolo y comérselo vivo, pero este, flaco como un espagueti y ligero en su juventud, aunque ebrio, lo esquivaba. Parecía un espectáculo de tauromaquia. Díscolo el torero y Malpica el toro.

—¡Malpica, Bonazo desde la tumba te maldice...!

Al fin entraron al viejo a su casa y a Díscolo se lo llevaron a la fuerza dos amigos de juerga que estaban borrachos también. De lejos se escuchaba:

—¡Malpica, ladrón, págale a mi padre!

El lunes siguiente y a primera hora del día llegó al mostrador del almacén de Fermín un hombre de rostro austero.

—La cuenta de Malpica —dijo.

Era uno de sus hijos. Pagó y se fue. Cuando Fermín llamó a Díscolo a su oficina le dijo:

—Esa cuenta estaba dada como perdida, ¡y así debía seguir!

—Padre, no fue por el dinero. Bonazo...

–Deja a Bonazo tranquilo. Escucha, yo he quebrado en mi negocio dos veces. ¿Sabes por qué?

–El Machadato.

–Esa fue una.

–La otra en Florida. Pero nunca has hablado de ello.

–Fue por cobrar una cuenta. Se me metió en la cabeza. Un día llegó a mi establecimiento un curro –Fermín escupió–. Traía una carta del administrador del Central. Lo recomendaban para que le diera un crédito pues iba a construirse una casa. Lo senté en un banco y le dije que en seguida lo atendía. Pensé que la recomendación era falsa así que llamé por teléfono al Central y pedí hablar con el administrador, quien me confirmó que la carta verdaderamente era de ellos. No me quedó más remedio que atenderlo. ¡Una recomendación del Central! Le di los materiales al curro, incluido el acarreo. Por supuesto, el curro no pagó. Me quejé, no me hicieron caso. Me dijo el administrador que ellos solamente habían atestiguado que él era su empleado y que tenía cómo pagar. Además, que yo vendía a crédito, como todo el mundo, como ellos mismos, bla, bla, bla… Y demandé al Central. A los varios días de mi demanda vino a mi mostrador un empleado de ellos y me pagó la cuenta del curro. Y quebré Díscolo, quebré. El Central era mi único cliente serio y no me compró más. Hijo –dijo poniéndole una mano en el hombro–, levanta la cabeza y escucha bien: ¡al negocio no se le pone corazón sino cabeza! Y recuerda: no somos guapos de barrio. Por eso quebré en Florida.

Con el tiempo hizo plata de nuevo y volvió a perderla, y ya no pudo recuperarse porque era viejo. Murió en el año de 1980. Díscolo murió en el 2000. Y como la vida tiene sus cosas la única nieta de Fermín, hija y nieta de vascos, se casó con un curro. «¡Joder, hombre! –decía Fermín–. Al que no quiere caldo se le dan tres tazas».

Junio de 2007

EL BRINDIS

El aula, los pupitres, el pizarrón con trazos a color, los niños y la maestra. Todo revelaba un conjunto armonioso y feliz en el segundo grado de la escuela primaria «Los Pinos Nuevos», en donde los alumnos de ambos sexos esperaban con impaciencia el timbre que les anunciaría los agradables veinte minutos del recreo.

Riiiiin, riiiiin, riiiiin...

La tropilla radiante corría en estampida hacia el arbolado patio, en medio de los regaños de la buena maestra que esperaba postrera al último niño que salía de su clase. Este, deteniéndose en la puerta del aula en actitud casi militar y extendiendo su diestra hacia el pasillo dijo pausadamente:

—Usted primero, maestra.

—Gracias, Ramón —respondió pensativa y salieron al patio.

El niño caminaba con la frente erguida y el paso firme, acompasado, triste el infantil rostro. Lo apodaban «El Sabio» pues parecía saberlo todo. Se sentó en una de las enormes raíces del laurel que dominaba sobre los demás árboles y allí, ramoneando en un libro de cuentos, esperó a la maestra que entraba con paso vacilante en el espacio enraizado del suelo.

—¿Entiendes lo que lees?

— «¿Y cómo podré, si alguno no me enseñare?» —completó el niño.

—Ramón, me desconciertas. Lees perfectamente, tienes una educación esmerada, memorizas textos bíblicos y te comportas como una persona mayor, solo que con un cuerpo pequeño. ¿Qué lees?

—*Narraciones completas*, de Horacio Quiroga.

—¿Cuál prefieres?

—Juan Darién.

—¿De qué trata?

—Es un cuento filosófico que ilustra cómo el amor y el odio alteran los esquemas naturales de la vida. Un pequeño tigre y un recién nacido se funden en uno por el amor de una madre.

—El amor o el odio ¿te hicieron mayor?

—El amor.

—¡Fantasioso!

Ramón nunca pensó qué tan difícil sería ser un niño. Llevaba apenas un año en este ejercicio y no podía imaginar siquiera cómo terminaría. ¡Con tal que no enloqueciera!

Todo comenzó cuando se enamoró de lo imposible. Amó angustiosamente: en silencio. Era una mujer casada que había visto a su marido quedar paralítico apenas en el primer mes de su matrimonio. Un buen hombre que a pesar de su padecimiento prometía no morirse nunca: tenía una salud de hierro.

Ramiro y él habían sido compañeros de aula desde el séptimo grado. Y para cuando se graduaron del bachillerato, para la fiesta de celebración, le sugirieron de pareja de baile a aquella muchacha. Ramón la rechazó por dos razones: porque no sabía bailar y también porque la muchacha no era tal, sino una niña. Ramiro bailaba muy bien y de común acuerdo lo reemplazó. Los presentados en aquella ocasión llegaron a ser novios informales en la adolescencia, perfectamente formales en la juventud, y felizmente casados en el esplendor de esta.

Ramiro era un buen electricista que laboraba en las líneas del alumbrado público. Un día fatal mientras cambiaba de posición en lo alto de un poste de jiquí fue despedido al vacío por una descarga eléctrica, lesionándose al caer la región lumbar de la médula espinal. Ramón era su mejor amigo y a raíz del accidente se convirtió en su enfermero. Fue su edecán y su «corre-ve-i-dile». Ahí comenzó su lucha emocional. Sus contrincantes: el tiempo y Emma.

Su amor por Emma era tan discreto que jamás le sostuvo una mirada ni retuvo su mano más de lo necesario en el simple apretón de amigos. Nunca le dedicó un cumplido ni la más insignificante galantería. Se acostumbró a amar a su amigo y a ella. Podría decir con el poeta: «Hoy tengo entre dos amores mi cariño repartido». Sí, amaba mucho Ramón. A Ramiro como a un hermano, y a ella... El amor por ella no cabía en su pecho agobiado de asmático crónico.

No supo cuándo comenzó a desear volver a vivir su vida. Empezar de niño, en la escuela. Persuadir a Ramiro de que la electricidad era un mal asunto, o aprender a bailar y ser él, Ramón, en lugar de su amigo.

Cuando así pensaba sentía vergüenza. Con el deseo se sentía sucio. Silenció su conciencia razonando que en el más inaudito de los casos, si ella tratara de seducirlo alguna vez, él la rechazaría. Y con este consuelo se acomodó a sus sueños, imaginando en cada una de las 1826 noches de los últimos cinco años, al acostarse, que un niño comenzaba la escuela, terminaba el bachillerato y, llegada la noche de la graduación, disfrutaba el cielo bailando con Emma.

Toda su vida había vivido Ramón en la casa de su nacimiento, con sus padres. Era un promisorio soltero de su pueblo cuando se descubrió perdida e impremeditadamente enamorado de Emma, a raíz del accidente de Ramiro. Decidió que si encontraba a alguien a quien amar así se casaría, de lo contrario no.

Cuando se acostó en la noche 1826 tenía cuarenta y seis años. Era el 24 de mayo del 1985 y llevaba ya veinte años de una trayectoria triangular: de su casa al trabajo, de este a casa de Ramiro, y de allí a su casa. Podría hacer el recorrido con los ojos vendados y sin bastón de guía.

Despertó como de costumbre y esperó a que su septuagenaria madre le trajera el café a su cama de solterón, como hacía siempre alrededor de las seis y veinte. Después de ingerir la estimulante bebida tomaría una ducha y se afeitaría. Ya para las 7:30 estaría listo para ir a dar sus acostumbradas clases de Física. Nunca abría los ojos hasta que escuchaba la voz maternal anunciando: «Ramoncito, hijo...» A la que respondía: «Buenos días, vieja». Pero esta vez su madre demoraba más de lo acostumbrado, así que se quitó de un tirón la sábana que lo cubría.

—¡Ay! ¡Ay Dios mío! ¿Qué es esto? ¿Qué es lo que ha pasado aquí? ¡Ayúdenme! ¡Que alguien me ayude…!

Una joven mujer aún en bata de dormir irrumpió en su alcoba.

—¡Ramoncito, hijo! ¿Qué te pasa mi querer? —preguntó alarmada mientras se sentaba abrazando y colmando de caricias al niño que espantado todavía gritaba—. Estabas soñando papá —prosiguió—. Tranquilo. Hoy es tu primer día de clases.

—¿Qué es lo que pasa Micaela? —dijo un hombre en piyama que acababa de entrar en el cuarto y a quien el niño miró asustado.

—Nada, Ramón. Que parece que Ramoncito está nervioso por la escuela.

—Si quieres no lo lleves hoy. Déjalo que duerma —dijo, y salió del cuarto después de acariciar la cabeza y besar en los cachetes a su hijo.

—¿Ya estás mejor? —preguntó la madre.

—Sí, vieja. Estoy bien —dijo, todavía confundido, como si todo fuera un sueño.

—¿Qué es eso de vieja? ¿Qué tienes tú hoy?

—Perdón, mamá —se corrigió, y deteniéndola cuando casi salía del cuarto: ¡Mamá! ¿A cómo estamos hoy?

—A 24 de mayo hijo.

—¿De qué año?

—¿Pero qué preguntas son esas Ramoncito? Todavía no sabes contar hasta cien y andas preguntando por el 1945. Vamos, sigue durmiendo que hoy no te sientes bien.

Cuando su madre hubo salido se levantó y se paró frente a la luna del escaparate. Se desnudó completamente. Su cuerpo llegaba apenas a la mitad del espejo. ¡Era un niño! Había nacido el 6 de enero del 1939. Tenía seis años en el cuerpo y cuarenta y seis en la conciencia. Entonces comprendió y se sintió arrepentido por las 1826 noches en que había deseado lo imposible.

Cómo sucedió: lo desconocía. Pero había soñado y tendría que vivir la mayor parte de su vida por segunda vez. Ya vería la manera de acomodarse a la situación. Rememoró cómo fueron sus primeros seis años, al menos los finales. ¡Hacía tanto tiempo! Aprendería a fingir. Llevaba años en ese ejercicio.

En su primer año en la escuela sacó las máximas calificaciones en todas las asignaturas. Con solo una explicación asimilaba a la perfección todo lo que la maestra enseñaba. Cuando por fin «aprendió» a leer logró que su padre le comprara los que habían sido sus libros de cabecera.

¡Qué tortura no tener dinero! Pero este era un problema soluble, pues sabía que en el perímetro del pueblo, a tres varas del pozo ciego, al Este, una brigada que realizaba excavaciones había descubierto trescientas onzas de oro que luego habían pasado al erario público por ser tierras del gobierno. Fue la noticia y el litigio del pueblo por varios años. Él había visitado el lugar con su padre como casi todas las personas de la vecindad y conocía el sitio perfectamente.

—Papá —le dijo al hombre de unos treinta años, un carnicero a quien su hijo tenía muy preocupado desde hacía ya más de un año con todas sus rarezas, sus libros y su prematura madurez–. Por favor, papá. Compláceme. Dime que sí.

—No me hables a media lengua. Dime qué quieres.

—Que vayas conmigo hoy después del trabajo con un pico, una pala y una carretilla al potrero de la Compañía. Quiero traer un poco de aquella tierra.

—¿Y es que no hay bastante en nuestro patio?

—No, papá. No como aquella tierra.

El Sabio daba consejos muy acertados en su casa y era la maravilla del pueblo. Venía siendo como el padre de su padre, y con esa influencia se llevó a su joven progenitor al lugar señalado.

—Cava aquí, papá, y has un hoyo de media vara de profundidad –dijo, al tiempo que dibujaba en el suelo un círculo de unos cincuenta centímetros de diámetro.

La soledad de la tarde absorbió el ruido del pico al chocar con la parte superior de una vasija.

—Saca, papá, ese recipiente. Así. Súbelo en la carretilla y rómpelo –dijo ante el deslumbrado padre–. Ahora no nos demoremos. Cubre con tierra tiestos y monedas y tapemos el hueco.

Ya en la casa y a buen recaudo la carretilla el padre le ordenó sibilino:

—Tienes que decirme qué hay en ti. ¿Cómo sabías lo del oro? No, no estoy preocupado, ¡estoy muerto de miedo! ¡Micaela! –gritó, y prosiguió en un susurro con su mujer, quien estaba escarbando en la carretilla–. Vamos a ver al cura. Hay que exorcizar a Ramoncito.

—Papá, ya te he dicho que sueño las cosas. Por favor, no hay que ir a ver a nadie, eso no ayudará.

—¡Escúchalo, Micaela! Escucha al hombrecito.

—Paciencia Ramón, paciencia. Hombre o rana o mosquito, ¡tenemos dinero, Ramón! ¡Tenemos dinero! Seguro que un ángel lo hace soñar.

Y llegó a ser el niño quien dirigía su casa pues, aunque solo él lo sabía, era el mayor y el más capacitado. Fue él quien indicó el plan que curó a su madre de la enfermedad que la aquejaba, adelantándose en ocho meses al diagnóstico acertado de un galeno de prestigio. Fue él también quien encontró a Elisardo, el niño perdido que había caído en un pozo y a quien solo un cielo de auras habría advertido de su paradero. Así que lo dejaron hacer, porque no se es niño cuando se piensa como hombre. Leyó bastante en esos años y ya no le importunaban con ir a la escuela, porque la escuela era él, y el pueblo estaba agradecido de tener un niño prodigio. No en balde algún iluminado lo apodó el Sabio en su temprana infancia.

¡Oh, sí! Sabio era. A los diez años le compraron una máquina de escribir que manejaba a la perfección, y a los trece era el ilustre chofer del camión de su padre. Y como no tenía edad para tener licencia de conducción el alcalde del pueblo había ordenado que no se molestara al Sabio quien era, según él, el «Sócrates del Pueblo». Como músico y compositor era un virtuoso, tocaba de manera sorprendente la guitarra y cantaba unas canciones preciosas que nunca nadie había escuchado. «No somos ni Romeo ni Julieta» cautivó a los pasmados oyentes en un catorce de febrero, cuando en una actividad en el Liceo se le pidió que cantara algo ¡a él!, que había sido un ferviente admirador de Carina. Otras veces asombraba con lo que conocía de Julio Iglesias, a quien plagiaba sin reparos.

Una de las cualidades de Ramoncito era la tolerancia. Siempre pacífico. Nunca peleó con otros niños ni se dio por ofendido con sus burlas y sandeces. Él mismo tuvo que organizar su dieta pues, aunque tenía el intelecto propio de su adultez, su organismo era el de un muchacho. Suprimió el café, los picantes y sorteó la peligrosa dieta de un adulto. El Sabio gozaba y sufría. Sufría porque nunca aprendió a bailar a pesar de tener un excelente oído musical; sus piernas eran torpes.

Pasaron doce largos años y llegó la esperada fiesta. Ahora podría comportarse como todo un hombre maduro, a pesar de sus escasos dieciocho años. La familia había prosperado bajo el auspicio de sus acertados consejos y le estaba agradecida. A su buen amigo lo había predispuesto contra la electricidad «¡que mata e invalida!», le decía. Tanto le insistió sobre el asunto que Ramiro llegó a sentir pavor ante la sola visión de un cable eléctrico. También le explicó los peligros de la altura, lo que hizo que el pobre muchacho llegara a padecer de vértigo, al punto que solo después de muchas precauciones se subía únicamente en la cama.

Irían juntos al baile. Su compañera sería una jovencita, poco más que una niña, de solo trece años. La hermana de esta, bachiller también, sería la compañera de baile de Ramiro. Así debieron haber sido las cosas «la primera vez», cuando le pidieron a Ramón que bailara con ella que, aunque joven, era muy espigada. Antes había dado un rotundo ¡No! y se la había endilgado a Ramiro. Ahora daría un vigoroso ¡Sí! y bailaría con ella.

Enlazó el fino talle con su brazo izquierdo, la mano bien abierta en medio de la columna vertebral, como si con el pulgar y el meñique pudiera abarcarla toda. La mano derecha tocando el cielo y sujetando con firmeza la pequeña de ella. La orquesta tocaba «Danubio Azul» mientras Ramón destrozaba zapatos y medias de la hermosa Emma, quien soportaba estoica hasta el final de la pieza.

—Te ruego que me excuses —dijo ella—, y me concedas que no baile más en toda la noche. Te confieso que no sé bailar.

Él asintió, comprensivo.

—Ramoncito, hijo —le dijo su madre—. ¿Qué interés tienes con la hija de Carmelo? Emma es casi una niña, y tú ya tienes dieciocho años y quieres ser profesor...

—Seré profesor —contestó resuelto, y más resuelto aún añadió: Y me casaré con Emma.

Pasaron seis años al igual que los primeros pero esta vez para Ramón y Emma. Llegó finalmente la boda y Emma dejándose guiar por aquel árbol de sabiduría. ¿Y cómo no tenerla con toda una sexagenaria conciencia en un cuerpo de veintitantos? Con esa experiencia ¿qué no conseguiría?

Ramiro fue el padrino de la boda y llegó a ser concuño de Ramón, pues se casó con Alba la hermana de Emma. Su fobia a la electricidad y el vértigo que decía padecer lo aferraron tanto a la tierra que se hizo ingeniero agrónomo. Aunque asombró a todos cuando, en la remodelación de su casa, no contrató a ningún electricista y él mismo realizó todo el trabajo. Asimismo tejó, con la ayuda de un aprendiz de carpintero, la habitación que construyó en una segunda planta en la ampliación que se hizo. Ambas parejas tuvieron hijos y llegaron a amasar fortunas considerables porque, por avatares del destino, apostaban sobre seguro, dado los geniales aciertos del Sabio y el perspicaz ingenio de Ramiro.

El 24 de mayo de 1985 Ramón deseaba festejar e invitó a su cuñada y a su concuño junto con los más allegados de la familia. Ramiro no era bebedor y Ramón abstemio, pero ese día se rompieron las reglas.

Cinco minutos antes de la media noche y a la cabecera de la larga mesa Ramón quiso brindar. Todos se pararon con las copas colmadas. Alzó la suya Ramón y dijo:

—Por los ochenta y seis años de mi vida. Porque llegó por segunda vez el momento donde estuvo una primera. Desde ahora ya no doblaré más: ¡viviré!

Ramiro detuvo a Ramón quien ya llevaba su copa a los labios. Y pidiendo la palabra con el índice izquierdo mientras sostenía su copa a la altura del ombligo dijo:

—Brindo por los mismos míos que igualan los tuyos y por ti ¡bribón! —dijo a la vez que apuntaba hacia Ramón—, que con tu empeño me sacaste de la miseria.

Y bajando la vista al suelo continuó:

—Aunque perdí a mi mujer he sido bendecido con Alba y con mis hijos. Yo te perdono. Perdóname tú.

Emma respiró profundamente.

—Yo —dijo—, también desde muy pequeña supe lo que era ser una mujer madura, y me impuse callar y vivir. Brindo por mis ochenta años, y por ustedes, mis dos maridos. Porque me han amado sin entender aún por qué tanto.

Emma y Ramiro alzaron sus copas. A Ramón se le había caído la suya. El padre de Ramón le dijo muy bajito a su anciana esposa:

—¡Bien que causa estragos la bebida! Estos, por el camino que van, tendrán más años que Matusalén. Y la pobre Emma más maridos que la mujer samaritana.

La culta mujer de Ramiro se desternillaba de risa mientras uno de los primos, adolescente, decía mirando a los otros: «¿Cuándo dejaran estos de cantinflear?»

Jamás volvieron a beber. Nunca más se trató el asunto. Ramón siempre se preguntó cómo Ramiro y Emma se vieron envueltos en su misma aventura y por qué llegaron a identificarlo a él como el causante de todo. ¿Lo fue en realidad? Nunca lo sabría.

25 de septiembre del 2003

EL GORDO, LA PIZZA Y EL PERRO

Jamás me ha molestado que me digan el gordo, al contrario, me halaga. Gordos han sido todos mis antecesores. Siempre nos hemos matrimoniado con mujeres análogas a nuestra morfología. Cuando ha nacido algún flaco se le mira con desconfianza, como si no hubiera habido legalidad en su concepción. Los gordos somos simpáticos, traviesos, bonachones, ¡qué decir! No nos cabrían en la barriga todos los adjetivos de encomio conque pudieran dispensarnos. Nuestra autoestima es profunda. Por ello es triste reconocer al pollo pelón de la familia.

Al relatar del sujeto que me ocupa no quisiera calificarlo de gordo sino de hinchado. Mas, para no confundir, usaré el término que nos honra, pero que conste: solo eufemísticamente.

Llegó hace poco a la ciudad. No es de nuestro clan. Debe ser un gen saltarín que le favoreció. Me consuela creer que, tal vez, sea hijo de flacos. Es de pequeña estatura y anda frisando los cincuenta años. Todas las mañanas lo veo desayunarse con una pizza, de pie, en el portal de la sombra, frente a la esquina de fraile.

Son redondas como platos, y gruesas. Y cuando las dobla para emparedar el queso que reverbera en el tomate, de esa media luna ensangrentada y humeante destila la amarillenta grasa que cae al suelo, rozándole la camisa y cayendo entre sus zapatos, pues las piernas han sido previsoramente abiertas para evitar la llovizna de rosa y oro. Encoge los extendidos brazos y, como si tuviera temor de que se le escapara el manjar, con ambas manos lleva a la boca la torturada pizza. Alza los labios, escondiendo la lengua heladera que oprime a la campanilla, tensos los músculos y tendones del cuello, y troza con saña. En la mordida cortan no solo los dientes sino también las muelas ¡hasta las del juicio! Por la comisura de los labios ruedan hilillos de queso, miga y tomate, mientras la cabeza se esfuerza por salirse hacia adelante, tratando de evitar el derrame de restos sobre la barriga. En la primera mordida descubre al perro. Estará con él hasta el final.

Sin lugar a dudas, el mendigo que pida con la insistencia de un perro se hace millonario. ¡Oiga! Un perro con hambre, entrenado a vivir en la calle y de la calle, sabe pedir muy bien. Cuando mira con sus dulces ojos, siempre sonrientes e inquisitivos, orientando las orejas al sonido revelador, en un pendular del hocico que busca mejores poses para olfatear; cuando esgrime la reverencia asiática y salta y corre, y va y viene; cuando al final, satisfecho de haber pagado el precio del mendrugo, se sienta sobre sus ancas y gimiendo espera, mientras de sus belfos corren las gotas del rocío triste del hambre. ¿Quién no se atraganta si no le alcanza un pedazo, aunque sea de su misma necesidad?

Chocaron los ojos. El perro vislumbró en él a un gato. El gordo conoció al rival y pensó espantarlo con una patada pero se contuvo presintiendo el mordisco. Pecho a pecho se comieron la pizza. El perro, solo mirando; el gordo, solo comiendo. La fe de los perros es la fe de los santos y esperó... sin suerte.

Esquivó el perro el proyectil de papel que le lanzara el gordo después de limpiarse la mitad de la cara, de la nariz hacia abajo, para finalmente sacudir las migajas de la meseta del vientre. Eructó satisfecho mientras escrutaba libidinoso a una mujer muy hermosa que pasaba a su lado.

Ya en el clímax sus ojos verde charco se cerraron, guardando dentro el reflejo de la maja vestida. Se acarició la circular barriga con la palma de la mano, dejando escapar sus fueros en el fétido y sonoro engendro de sus hábitos alimentarios.

El perro se había marchado, y yo, no he vuelto a probar las pizzas.

Octubre 2001

EL MUSICAL

Usaba espejuelos oscuros para ocultar la oquedad del ojo perdido en la niñez, y sombrero de paño, negro, calado hasta las orejas. Con este cobijaba la carretera de la calva que lo acomplejaba y que se le encajó apenas traspasado el umbral de la adolescencia. Roberto Roque era conocido en el círculo de sus íntimos como la Doble Erre, Re, o el Musical. La fértil y ociosa imaginación de sus amigos componía y descifraba los más complejos patronímicos, a la vez que dejaba a otros el artificioso arte de la onomancia. Solo el tiempo diría la última palabra sobre «El hombre de la cueva», que era el calificativo chinesco de Roberto Roque.

Deslía su vida en los prostíbulos. «Con esta facha no me queda otro remedio» –decía. Y aunque era esmirriado, tuerto y calvo, aun así las mujeres de su mundo lo preferían. Tal vez si hubiera incursionado en otra arena tendría igual éxito, algo había en él que tenía gancho.

La amistad de Roque con Tony era comercial. Este era el proxeneta que mayor número de féminas mantenía en el giro, negociando con los del ramo a la mayoría, y dejando solo para sí las mejores y más promisorias meretrices. Fue en «La mariposa», el lupanar de Tony, donde Roque conoció a Lucrecia y se hizo su cliente asiduo.

Tony alzó la vista del libro de cuentas de su mesa de trabajo para atender al cliente que esperaba, con aire respetuoso, a tres pasos de distancia.

—Acércate, Roque —dijo, señalándole una silla enfrente suyo—. ¿En qué puedo servirte?

—Vengo por un favor.

—A tu disposición. ¿De qué se trata? Aunque me lo imagino —sonrió con sorna.

—Véndeme a Lucrecia.

—¿Quieres meterte a chulo?

—No, sólo que me salga más barata —bromeó—. Me está arruinando.

—Algo había escuchado. No. No hay precio. ¿Otro asunto?

—Quiero pagarte lo que te debo, si es racional.

—Moralista como siempre. ¿La levantaste?

—Sí.

—Entonces, ¿a qué comprar lo que es tuyo? Ahora el precio es otro, tú lo conoces.

—Estoy afuera —dijo Roque al salir.

La plebe merodeaba el polvoriento pino, emblemático tótem de «La granja». A su sombra y a través de los años se habían ventilado cuestiones de «honor». En más de una ocasión las sedientas raíces se habían embriagado con los mejores jugos de un hombre agonizante.

Como semilla esparcida a boleo la noticia se regó llegando a todos los rincones del licencioso caserío: «¡Tony y la Doble Erre se baten!» El primero para salvaguardar su merecida reputación de hombre duro. El segundo era un macho sin pareja, rémora del harén. Había levantado una hembra; demostraría que podía.

Se escurrieron los pocos clientes de los bares en ese matinal domingo, y a prudencial distancia se entretenían con un bocadillo de cerdo o con una cerveza. En la única calle de tierra, a la entrada del poblado, se erguía el siniestro pino. A su escasa sombra esperaba impasible Roberto Roque. Flameante al viento del norte la blanca guayabera de hilo. El pantalón, singularmente ancho, ajustaba abruptamente en los tobillos y daba la impresión de un bombacho. Cerraban su indumentaria los zapatos de dos tonos y la cadenilla de plata, de la trabilla al bolsillo derecho. Del sobaco a la cintura el machete desnudo, encubierto.

Los proxenetas dominaban a sus mujeres con el puño y la navaja barbera. Entre ellos resolvían sus litigios con el machete, parodia de su herencia mambisa. El cuchillo sin aviso no era de «caballeros», y la puñalada trapera un signo de cobardía.

—¡Se baten! —disfrutaba el populacho—. ¡Se baten!

Tony salió en camiseta. Sin pendular el brazo lastrado que apuntaba al suelo. La palidez del rostro de ambos denunciaba que la sangre escapaba a lugares más seguros. A diez metros de su rival Roque guardó sus espejuelos oscuros. Ahora el «Hombre de la cueva» necesitaría toda la luz de su ojo sano. Sacó el machete, paralelo al cuello.

Se había perdido la sombra.

El primer golpe, demoledor, fue parado por el machete desguarnecido de Roberto Roque. El encontronazo de los aceros dejó un hombre desarmado a merced de su enemigo.

—¡Recógelo!

El arma, virgen aún y mancillada, fue tomada por el extremo de la hoja y arrojada con pericia australiana al cuerpo enemigo: bumerán sin retorno.

El cuerpo absorbió el machete con el abrazo carmesí de músculos y tendones, venas y arterias. El hierro trozó la clavícula llegando hasta la axila y casi cercenando el brazo izquierdo. Roque trataba inútilmente de contener la sangre que le brotaba a raudales mientras las raíces parduscas se teñían de grana.

—¡Acaba de matarme! —gritó convulso.

—Eres valiente, muchacho —reconoció el otro y se marchó.

Y se fue lejos, a Puerto Rico, porque ya los aires no eran saludables para su negocio. Y por allá, dicen, encontró la muerte, dejando a la Doble Erre con la «gloria roja», con el mito de hombre duro, y con Lucrecia.

Cuando Lucrecia le parió a Roque este disfrutaba el acoso cálido de la fama. Asistió a su apoteosis. Los íntimos de Tony pasaron a ser los suyos. Gozaba del beneficio de las mujeres y de la consideración de las cantinas.

—¡Bebe con nosotros, Roque!

—¡Llegó la Doble Erre! Un palito aquí.

—¡Re, el Musical! Va por la casa.

Y anuló el complejo con una enfermedad peor: se convirtió en alcohólico. Cuando clausuraron las mancebías perdió los favores que ya no podía comprar. Un día en que lo vi me dijo con resignación:

—Todas las prostitutas se hicieron milicianas, ¡hasta Lucrecia! Pero ya no está conmigo.

Hoy, lo que queda de él vive en un cuartucho marginal, aunque casi siempre pernocta en los portales. Algo ha ganado: ya no vive embozado ni le importa el camuflaje. La empercudida calva no ha visto más el sombrero negro, y la cueva vacía de su ojo lagrimea al sol.

Hace poco una maltrecha mujer, afectada por su misma vida, y a la que tal vez en mejores tiempos le recitaran los balsámicos poemas de Buesa, lo botó a escobazos de su portal. Y el pobre borracho, humilde, le protestó con cansancio: «¿Por qué me haces esto?»

La semana pasada tres hombres conversaban en una esquina, desgastándose al fuerte sol del mediodía. A ellos se acercó Roberto Roque. Todos hicieron silencio ante el espantajo maloliente del ahora arrogante paria. Este, con violento gesto, llevó su mano a la añosa cicatriz, enarbolando un algo invisible que sacó paralelo al rostro. Y presentándolo como divisa al ardiente astro o a aquel sueño del fantasmal tótem dijo: «¡Hombres que brillaron en acción, hoy no son más que puras vacas cagonas!»

Nadie pudo entenderlo. Intuí que pensaba en él, en el día en que se perdió la sombra junto con el hombre que la proyectaba. O tal vez me equivoque.

25 de noviembre del 2001

LA GALLEGA

Era el año 1907 en la castellana provincia de Burgos, y en un modesto hogar de las riberas del río Arlanzón nacía la niña que fue luego bautizada como María Jimena. María en conformidad con el Santoral, y Jimena en honor a la esposa del encumbrado y legendario Cid Campeador.

Del por qué a la inmigrante burgalesa María Jimena se le llamaba la Gallega en la finca Purialito es cosa de fácil ver. En Cuba casi todos los peninsulares eran identificados por el patronímico popular de «isleños» o «gallegos». Bien que había curros, zamoranos, vizcaínos y muchos regionalistas más de la belicosa y empobrecida España de la que escapaban huyéndole al hambre y a la guerra. Exclusión dada para los que de una forma u otra sobresalían, y para aquellos a los que su amor por el terruño patrio los comprometía a ser fieles al peladero de donde habían salido y que ahora les daba nombre. En esa época mucha tierra ibérica apellidó a hombres y mujeres excepcionales, aunque María Jimena no fue de esa casta. La burgalesa pasó a ser la Gallega. Y gallega se quedó.

La viudez le precedió al feliz y corto maridaje. Joven aún y sin hijos, pero enamorada del recuerdo, la Gallega demostró ser mujer de un solo hombre: nunca más se volvió a casar.

Huérfana de patria entró como doméstica en el hogar de un comerciante de productos agrícolas, quien le dio empleo presionado por la mala salud de su esposa «hasta que la mujer mejore», según le dijo. Corría el año de 1942 y aunque la señora se recuperó María Jimena había entrado en esa casa para nunca más salir de ella.

Fueron dulces los siete años siguientes, «los de las vacas gordas». De nuevo tenía familia, y para alegría de todos tras una prolongada esterilidad la señora de la casa concebía.

Fatídico fue el año 1949. Nacido el niño murió la madre. Muy enfermizo era el varón. Probó todas las leches doctorales y de arrabal, pero le faltaba la suya, el necesario calostro que se fue con la madre que ahora, para salvación suya, resucitaba en otra. Era una robusta nodriza que fue descubierta al quinto día de nacido él, casi en el umbral de su temprana muerte. Mamó la vida en la vida, la rosada encía se acopló al pezón rosa y sanó. La madre de leche le amamantó por cuatro meses formándole un aún débil estómago que María Jimena acabó de fortalecer.

«Mi cachorro» y «mi niño» eran los nombres con los que María Jimena prefería nombrar al pequeño, y este, casi desde sus primeras palabras, le llamaba «mamá vieja», «porque mamá nueva está en el cielo», como ella misma le decía, «y en la tierra me tienes a mí, tu mamá vieja». Aunque nunca pretendió opacar la memoria de la ausente no siendo la madre biológica, sin darse cuenta fue convirtiéndose en algo más que un reemplazo: fue toda una madraza.

Aunque todos la conocían por la Gallega, apodo por el que nunca protestó, en su casa siempre la llamaban por su nombre de pila.

—María Jimena, te vas a vivir a Purialito con el niño.

—¿Y la escuela, Marcial?

—En Ceballos hay una escuela pública con una maestra

excelente. Se llama Acela, la nuera de Petrona, a quien usted conoce.

El negocio de Marcial lo llevó a comprar la finca Purialito, una colonia cañera en producción. Invirtió todos sus recursos en ella, amén de un préstamo que recibió del banco para completar los 17,500 pesos que costaban las cinco y un cuarto caballerías de tierra con las que contaba la propiedad. Marcialito tenía cinco años y María Jimena cuarenta y siete cuando fueron a vivir para la finca.

Purialito fue un paraíso para ambos. Ella recordaba su infancia rural junto al río Arlanzón. No volvería a ver el manto blanco de la nieve ni la escarcha en la jofaina al amanecer, pero casi de igual disfrutaba del verde mar de las cañas, de los naranjos en flor, de la tierra roja y fecunda de cuyo interior las turbinas sacaban el agua que ahogaba, a raudales, los sedientos campos en la época de sequía. Ambos plantaron con manos diligentes el frutal del batey, desde las hileras de cocoteros a ambos lados del camino hasta los mangos, guayabos, naranjos, aguacates y limoneros. Ella señalaba al mozuelo dónde cavar el hoyo en el que más tarde se plantaría la semilla o la postura, faena para la cual eran más que suficientes, por lo que muy pocas veces buscaron la ayuda del administrador y de los peones.

Varios años pasaron. Los árboles crecían lozanos, las vacas parían y los potros estaban ya por mudar los dientes de leche. Las aves de corral colmaban las inmediaciones de la casa campestre, y huevos y pollos adornaban la mesa con ricos olores y sabores. El maíz de América se hacía tamales con la cocinera española. «En mi país —decía—, el maíz es solo para los animales». Y reía dichosa. Ya su cuerpo temblaba con los fríos de diciembre y se había convertido en casi toda una cubana, pero de acento español, porque el seseo nunca la abandonó.

—¡Mamá vieja! —gritaba desde lejos el niño, quien ya a su lado, jadeante, balbuceaba: Traigo tres codornices. ¿Las preparas para el almuerzo?

—Como tú quieras. ¿Dónde cazaste?

—En el potrero de Melcón. Los perros las posaron en un «bien vestido» y las enlacé con la vara.

A principios de la década de los años sesenta el gobierno confiscó todas las tierras que excedían las cinco caballerías. Marcial las sobrepasaba en veinticinco centésimas.

—No me acostumbro al pueblo —decía María Jimena.

Pero parece que se acostumbró, o al menos esa era la impresión que daba. Pasaron los años y su mente se dio a vagar. Muy a menudo rezongaba cuando caía la noche:

—Mañana, cuando amanezca, nos vamos para Purialito.

Una noche, ya muy tarde, se llegó a la cama de «su niño» que ya tenía unos bien encajados cincuenta años y que dormía en el cuarto inmediato con su esposa.

—Mi cachorro —le dijo—, apúrate, que está al amanecer. Nos vamos para Purialito.

—Sí, mamá vieja —contestó Marcialito dormido.

En la soledad de un portal vecino su fláccido cuerpo golpeaba sin ruido contra las duras losetas del piso. Los campos nevados, la escarcha en la jofaina, el alegre río Arlanzón... Todo desfiló sin prisa en la mente de la anciana que balbuceaba quejumbrosa: ¡Madre, madre! ¡Dios mío...!

—Mamá vieja, de buena ha escapado usted. Me tiene que prometer que no va a volver a salir sola.

—¡Abrase visto! Si yo nunca salgo sola —dijo, mientras se llevaba la mano a la adolorida y vendada cabeza—. ¿Qué me pasó?

—Nada, mamá vieja, nada. Pero prométame que no va a volver a salir.

—Te lo prometo, hijo.

Pero ahora ya nadie le cree, porque cada vez que su mente vuela su seseo burgalés anuncia:

—¡Qué va! Esto aquí no me gusta. Mañana, cuando amanezca, me voy para Purialito.

20 de septiembre del 2001

LA HIPOTECA
(Cuento popular)

I

El hombre, impecablemente vestido, abordó el tren que lo conduciría desde su natal Camagüey hasta la ciudad de Matanzas. Reclinó su asiento hacia atrás, y poniendo el sombrero sobre su cara cruzó los brazos sobre el regazo como abrigándose, pero más abrazando el portafolios que descansaba a cobijo de su cuerpo. Tras los pitazos el tren comenzó a rodar saliendo lentamente de la estación.

El suave vaivén del vagón en movimiento y la plática de algunos pasajeros, sinfonía difusa y adormecedora, lo ensimismaron en sus elucubraciones. Hizo una remembranza de los últimos cinco años de su vida, ¡no habían sido fáciles! Hacía pocos días había cumplido treinta y siete años. Treinta y dos tenía cuando el banco le informó que al tomar posesión de la herencia de su padre esta iba gravada con la hipoteca que pesaba sobre ella. Él lo sabía y aceptó el reto, aunque muchos le aconsejaron que no lo hiciera.

Su padre se había endeudado torpemente quedando en

43

manos de un rufián usurero. Era un matancero que se relamía los bigotes pensando ya suya la campiña agramontina y las verdes praderas, donde pastaba libremente el ganado Cebú, de giba adiposa y poderosa cuerna. Pero ¡no!, había ahorrado, sudando y sufriendo hasta el último instante. Y aunque a las diez de la mañana del día siguiente expiraba el plazo en que vencía la hipoteca, bien temprano, antes que el avaro abriera su oficina, estaría allí para saldar la deuda. No permitiría ¡jamás! que ni sobre él ni su descendencia pendiera tan temible espada de Damocles.

—Buenas noches, señor —lo sacó de sus cavilaciones la voz del conductor.

—Buenas noches —dijo, enderezándose y poniendo el sombrero en el asiento contiguo al suyo, que estaba desocupado.

El conductor era un negro macizo y reposado que se acercaba a los cincuenta años. Su atuendo era sencillo pero elegante. La gorra reglamentaria con saco largo de color azul de Prusia igual que los pantalones. Olía a colonia barata y a tabaco. Tenía un donaire característico de la gente de su profesión, acostumbrado a los viajes largos y a la gente, a todo tipo de gente. El tren y él se balanceaban al unísono, casi que eran un solo cuerpo.

Después del saludo el pasajero le extendió el boletín. Ya en manos del conductor este le aclaró con una paternal sonrisa:

—Tiene usted derecho al coche dormitorio. Usted ha pagado no solo para ir en un coche de primera, sino también con derecho a una confortable cama. Sígame, por favor, y le llevaré a su camarote.

—No lo sabía, pero de cualquier manera no voy a dormir. Muchas gracias. Prefiero seguir aquí.

El negro sonrió con cortesía.

—No me diga que se va a perder una buena cama. Le quedan siete horas de viaje. Mejor descanse.

—Le agradezco su interés, pero no puedo. Tengo un sueño

muy pesado, y un asunto muy importante que ventilar en Matanzas. No puedo aventurarme a que se me pase la estación donde debo bajarme. Gracias, muchas gracias. Siga con su trabajo y no se detenga por mí.

—Mire —siguió insistiendo el conductor—, llevo veinticinco años en mi puesto y ¡jamás!, oiga esto, ¡jamás! se me ha quedado un pasajero a bordo. Si usted viajara más a menudo en los ferrocarriles conocería la seriedad y fiabilidad que ofrecemos. Otra cosa sería viajar en los ómnibus. ¡Pero usted está en los ferrocarriles! ¡Ferro, igual a hierro! ¡Carriles! ¡Hierro por los carriles!

Y abrió los brazos como para abrazar a todo ese andamiaje. En su corazón cabían hasta las estaciones.

—Venga conmigo. Confíe en nuestro servicio.

—Le repito que tengo un sueño muy pesado. Incluso a veces, cuando mi mujer me despierta en la mañana, le digo: «Déjame dormir un poquito más». Y en otras ocasiones: «Hoy no tengo que levantarme temprano», cuando en realidad no es así. Hasta me he sentado en la cama medio dormido y la he insultado. Y amigo —dijo con creciente cansancio—, yo no puedo quedarme dormido en el tren.

Y le contó la historia de su padre y la afición de este al juego, razón por la cual la familia había caído bajo la mano del usurero.

—Déjeme eso a mí —porfió una vez más el hombre que no se daba por vencido nunca—. ¡Por nada del mundo le dejaré en este tren! ¡Lo juro! —dijo, a la vez que besaba una cruz que había hecho con los dedos pulgar e índice de su mano derecha.

El viajante volvió a bostezar, y puesto de pie le dijo al conductor:

—Usted me baja aunque sea dormido y diga lo que diga. Voy a confiar en usted.

—Descuide, señor. Usted está en los ferrocarriles. Si fuera un ómnibus… eso sería otro asunto. Ferrocarriles, señor. ¡No lo olvide!

II

Un largo chirrido anunció la parada en la estación de La Habana. Dos hombres, enroscados cual sierpes, rodaron por una de las escalerillas por las que subían y bajaban los pasajeros. Con el saco roto y ensangrentado, el corpulento conductor trataba de escapar en vano de lo que parecía ser un loco furibundo o un endemoniado que lo maldecía y pateaba con saña.

La policía le salvó la vida. Tres fornidos oficiales del cuerpo de orden de la estación redujeron y esposaron a una baranda cercana al andén al agresor, quien babeante, pálido y tembloroso, se descolgó exhausto.

—Cálmese señor, que pronto vendrá una ambulancia —dijo el policía—. Le llevaremos a la Clínica de Socorros. Siéntese y le buscaremos algo de agua. Cuando esté mejor iremos al cuartel para encausar a este diablo. Ya tendrá que pagar por lo que ha hecho. ¡Qué hombre más bravo! Jamás había visto a alguien así. ¡Mire usted cómo le ha puesto!

El aporreado y malherido empleado ferroviario se sentó en un banco, restañando la sangre que manaba de una oreja.

—Este hombre tiene sus razones —dijo—. Son las diez de la mañana. ¿Bravo? ¿Bravo dice usted? ¡Bravo era el que yo bajé en calzoncillos en Matanzas! Mientras le arrojaba sus ropas por la ventanilla este le tiraba piedras al tren. Corrió más de un kilómetro sobre las traviesas persiguiéndonos, descalzo. No, usted no sabe lo que es un hombre bravo. El que yo bajé en Matanzas, ¡ese sí lo era!

Abril de 2007

LECHE FRÍA

Si está bien Francisco, ¿para qué Pancho? Si José, ¿por qué Pepe? Y si Ramón, ¿a qué Mongo? Neno, Cheo, Cuca, Papito, Papo y cientos más que usurpan, desgarran, mutilan y anulan bellos principios concebidos en felices momentos. ¿Es que tantas criaturas fueron inscriptas con uno o varios nombres solo por el gusto de burlarse del Registro Civil?

El ilustre conquistador español del siglo XVI, Cabeza de Vaca, ¿fue víctima de sus padres, sus amigos o de su pueblo? Conservo la imagen de dos personajes que forjaron sus nombres en sus costumbres: Mea Palo y Mano Muerta.

Por norma llamo a todos los apodados por su nombre de pila. A veces me veo obligado a preguntárselo y no siempre me responden. Un día le pedí el nombre a cierto señor, nombre que aún desconozco, para saber por quién debía preguntar, a lo que el aludido contestó:

—Pregunta por Leche Fría.

—No, no —riposté—. Quise decir, su verdadero nombre.

—Leche Fría —volvió a decir con una sonrisa.

—Mire, yo no acostumbro a llamar a las personas por sus apodos…

—Leche Fría —siguió tozudo.

—¿Al menos me puede decir por qué Leche Fría? —dije dándome por vencido.

He aquí sus razones:

«Mi padre y yo éramos camioneros y trabajábamos juntos. Y mi padre me enseñó que la cerveza no era buena para refrescar en los puntos de descanso cuando parábamos, porque destrozaba los riñones, además de nublar la mente. Por lo que nada mejor para mantenerse despejado y en salud que, manejando, tomar leche fría. Por eso, desde la Punta de Maisí y hasta el Cabo de San Antonio, en todos los merenderos, garajes y hospedajes donde deteníamos nuestro camión o rastra, invariablemente siempre pedíamos leche fría. Figúrese, en tantos años de rodar por todas las carreteras y caminos de este país, ¿cómo nos iban a conocer por otro nombre que no fuera Leche Fría? ¡Por nada del mundo renunciaría a él! ¡Por la memoria de mi padre y por mi pasión de camionero! Por todo eso en mi epitafio rezará: "Aquí descansa Leche Fría, camionero". Así que no se preocupe amigo, cuando venga pregunte por Leche Fría».

Me convenció y hasta me conmovió. Lo entendí. Al menos a él. Igual a mis dos tíos José y Antonio, a quienes conocían en su pueblo como «Pata y Panza», porque era lo único que pedían en la fonda del lugar.

Sin embargo, aunque he aprendido a ser condescendiente, hay un fulano que se me atora y que no me pasa. Este me dice primo, porque según él somos parientes. Nunca me ha querido decir su nombre por más que se lo he pedido. En su firma esgrime un garabato que honra su apodo. Un día, fatigado de tanto preguntar, le rogué:

—Dime tu nombre, primo.

—Ya tú lo sabes —me contestó—. Yo desde que nací soy y seré hasta mi muerte: Cagalera.

Así que no nos queda otra opción que celebrar una misa de réquiem por los nombres bautismales de aquellos que fueron y no son.

Porque vivos o muertos, presentes o ausentes, siempre serán recordados como: Cabeza de Vaca, Mea Palo, Mano Muerta, Leche Fría, Pata y Panza, y también como mi feliz primo Cagalera.

20 de septiembre del 2003

PASTORUGO

Los dos habíamos leído un relato sobre caníbales. El cadáver troceado de un hombre bueno nos arrancó lágrimas, y tal fue la impresión que nos produjo aquella historia que la correspondencia que intercambiábamos la rubricábamos con el seudónimo de Zelembo, uno de los personajes reales del libro.

Pastorugo, que así se llama mi amigo, notando en mí alguna distracción en mi visita anual a su casa en la provincia de Pinar del Río, me interrogó con su habitual amabilidad:

–¿Qué te preocupa, Ramón?

–Te conté que tengo novia en Perico.

–Ya lo sé.

–Pues bien, en Perico no hay dónde quedarse. En mi última visita a mi prometida tuve que pernoctar en la terminal de ómnibus. Josefina y sus padres viven en una casa pequeña y no pueden darme hospedaje. La ida por la vuelta de Camagüey a Perico me es imposible... Así que estoy considerando anular el compromiso.

–¿Qué?

–Sí. No hay hoteles, ni iglesias, ni una casa amiga donde

pueda parar. En Perico estoy como Napoleón en Moscú tras su victoria sobre los rusos: víctima del frío, la soledad y el hambre. Que de todo he pasado en esa.

—Es un problema soluble. Prepara tu visita cuando quieras. Estos no son más que los gajes del oficio de un obrero itinerante. Conozco a alguien allí que te recibirá con gusto.

Ya a la hora de despedirnos me entregó un sobre sellado.

—Cuando vayas a Perico lleva esta carta —me dijo.

El remitente decía así: Pastorugo, Apartado 88, Pinar del Río. Y en el destinatario se leía: Gerardo (el Mira Hueco), Libertad esquina San Isidro, Perico, Matanzas.

—¡Pastorugo! —le reproché—. ¿A dónde me mandas tú? ¿Cómo voy a entregar una carta así?

—Es que por ese nombre lo conocen en el pueblo. Confía en mí, bien sabes que no te voy a jugar una mala pasada. Es un tipo chévere de verdad.

Mi entrada en Perico estuvo precedida por sombríos pensamientos. Llegué con los primeros claros del día, y antes de llegar a casa de Josefina, en la acera de la cafetería de la terminal, me acerqué a un hombre de rostro bondadoso que barría el badén de la calle con un escobillón de jata, sus botas de caucho y un descomunal sombrero de guano.

—Buenos días, señor —le abordé.

—Buenos días, mijo.

—Si usted puede hacerme el favor e indicarme, si sabe, cómo me encamino a Libertad esquina San Isidro.

—Sí. Ahí están los edificios del Micro A —reflexionó—. Mire cubano —dijo al tiempo que señalaba la larga calle en la que barría—, hondéese por ahí pa'llá. Cuando casi vaya a darse con la cabeza en la pared, entonces encamínese a la izquierda y siga pa'bajo, hasta donde se acaban las casas. Ahí está su dirección y el edificio número cuatro donde vivo. ¿A quién va a ver usted? Digo, si se puede saber.

—A… ¡a Gerardo!

—Ah sí, Gerardo el Mira Hueco —dijo sin mostrar expresión alguna en su rostro—. Vive ahí en el primer piso, apartamento cuatro. Vaya con Dios, cubano –dijo, mientras me palmeaba el hombro y se desentendía de mí, volviendo a su faena.

Veinte minutos después llegaba sudoroso frente a la blanca puerta del apartamento. Toqué con los nudillos ignorando la minúscula aldaba. Ya iba por el segundo golpe cuando la puerta se abrió de pronto.

–Dígame, joven.

Me vi frente a un hombre de mediana estatura, pulcramente vestido y afeitado, que sostenía un maletín de viaje en la mano izquierda muy similar al que yo traía. Exageradamente ataviado y con un olor indeterminado que seguro era el producto final de la mezcla de varios perfumes de indescifrables marcas.

–Buenos días –balbuceé, extendiéndole la carta que traía.

–¡Pastorugo! –exclamó mirando el sobre–. Entre y siéntese –dijo, a la vez que se ajustaba las gafas de armadura de carey y rasgaba el sobre con la navaja suiza que colgaba de un llavero niquelado, haciendo a un lado la cámara fotográfica que llevaba terciada y le estorbaba.

Mientras leía sonrió, acariciando con su mano libre la pluma de pavo de su sombrero de yarey. Finalmente sacó un bolígrafo de uno de sus tantos bolsillos y escribió algo al pie del texto, hecho lo cual me dijo:

–Tiene usted suerte, joven. Si llega cinco minutos más tarde no me encuentra. Salgo para Las Tunas que mi mujer fue a hacer su paritorio allá, donde están sus padres. Aquí tienes la llave de la casa. Si sabes cocinar: cocina. Cuando te vayas me dejas la llave sobre la mesa. Siempre que vengas a Perico te quedas en mi casa.

Se despidió con un apretón de manos y se marchó sin dejarme decir siquiera esta boca es mía.

–¡Duerme en el cuarto y en la cama que quieras! ¡Abur! – fue lo último que dijo.

Cuando me quedé solo pude leer la carta que había dejado sobre el sofá. Decía así:

«Gerardo, el portador es como mi hermano y es de nuestro gremio. Trátalo como si fuera yo mismo. Cariños a los tuyos. Te quiere, Pastorugo».

Al final de la carta introductoria había añadido una nota: «El muchacho está muy extrañado por tu apodo».

Debajo Gerardo me había garabateado un párrafo aclaratorio:

«Soy topógrafo, igual que ustedes. Por mi profesión me viene el mote. Ya conoces a los constructores. Pásalo bien, y si quieres darle la interpretación correcta a lo que dice mi santo y seña léelo de esta manera: Gerardo, el que mira por el teodolito».

Con el paso del tiempo el bueno y churrigueresco Gerardo llegó a ejercer tal influencia en mí que mi segundo hijo lleva su nombre, porque el primero se llama Pastorugo. Y yo sigo firmando Zelembo, cuando escribo a Pinar del Río.

4 de diciembre del 2003

RANCIO DE NAVARRA

Paolo se sentó en la terraza que estaba al costado de su casa por la parte de la saleta y miró distraído el patio tapiado. Allí, entre otros árboles frutales, estaba uno que siempre se había considerado inútil: un toronjo. Producía frutas en gran cantidad, pero ni su familia ni él consumían el zumo ni las cortezas de las que se podían hacer conservas. Se pasó la mano por la cabeza y suspiró nostálgico.

Por años los amigos de Paolo lo visitaban los sábados pasado el mediodía. Acostumbraban a beber vino de copeo hasta estar bien calientes pero nunca borrachos. La máxima era «bebe y no te jales».

El grupo se dividía en «pares» y «nones». Una semana los pares traían una botella cada uno y en la siguiente los nones hacían lo mismo. Y así, entre copas y bocadillos, charlas amenas y chistes de buen y mal gusto, estos hombres cargados de años en lo que hoy suele llamarse la tercera edad, disfrutaban de momentos de solaz. Hasta que un día escaseó el vino al punto de no tener dónde comprarlo. Y a más de que «las desgracias no vienen solas», tampoco alcanzó el dinero. Había llegado el tiempo de las «vacas flacas».

Paolo recordaba las uvas de variados matices que había en su país, compañeras del hombre desde el comienzo de la larga noche de las edades. Tenían suficiente agua y azúcar y buen pellejo para colorear, y enzimas de levadura al pie del pedúnculo. Solo había que machacarlas, exprimirlas y verter los hollejos y el caldo en un depósito.

La *Saccharomyces* convertiría los azúcares del mosto en alcohol etílico y dióxido de carbono. El alcohol llegaría, por su poder antiséptico, a superar la tolerancia de las levaduras, y la concentración alcohólica daría principio al misterio del vino. Después el caldo reposaría cuarenta días hasta convertirse en un vino nuevo, que si bien no habría disfrutado de la soledad y lobreguez de las bodegas, sí sería un buen compañero para alegrar el corazón de estos viejos. Pero Paolo no tenía uvas. En Cuba no se cosechaban.

Se acarició la calva y descansó su vista en los árboles. Un rayo de sol, ya en el ocaso, rozó una toronja madura y le llegó con su magia a la frente. Saltó como un resorte de su asiento y exclamó mirando al cielo: «¡Eureka, eureka! Yo también lo encontré Arquímedes: ¡vino de toronjas!»

Se documentó algo y comenzó a prepararse para la empresa que acometería. No plantaría una viña como Noé. Allí estaba el toronjo lleno de frutas.

La técnica era rudimentaria. Una parte de azúcar parda por otra del zumo de las frutas y dos partes de agua. A este caldo habría que añadirle una onza de levadura panadera disuelta en agua. Almacenaría el «mosto» a la sombra y lo dejaría en reposo por dos semanas. Luego lo colaría con cuidado y lo dejaría reposar por veintisiete días más. Embotellarlo ¡y a beberlo!

Pero todo no era fácil. Lo primero era tener el recipiente. Logró que un bodeguero le vendiera un barril de manteca vacío. El primer contratiempo fue fregarlo pues la grasa parecía no querer salir. Lo lavó con agua caliente y mejoró mucho; después lo dejó varios días lleno de agua para que sellaran bien las duelas.

Compró quince kilogramos de azúcar y exprimió la misma cantidad de zumo añadiéndole el doble de agua. Lo revolvió todo y diluyó la levadura en la mezcla. Puso luego el barril en reposo en una dependencia oscura y en desuso de su casa. Finalmente lo tapó con una tela que fijó con un cordel. A un costado apuntó la fecha: 10-11-90. Según lo programado lo trasegaría el día veintitrés y lo embotellaría el veinte de diciembre. Así garantizaría, además de su habitual consumo, para las festividades de fin de año.

Al día siguiente fue a visitar su barril. Olía como huele un central azucarero. Aplicó su oreja a la tela y escuchó el burbujear del dióxido de carbono. Todo marchaba bien. A los trece días coló el caldo que se enriqueció con oxígeno, asunto que convenía. Lo vertió por gravedad en un depósito provisional para lo cual se sirvió de una manguera. Previsoramente había subido el tonel, vacío, sobre una mesa. Para todos estos trabajos contó con la ayuda de su sobrino Guille, pues lo del vino era una sorpresa para sus amigos.

Llegó el veinte de diciembre y el vino había clarificado perfectamente. Los sesenta kilogramos de caldo le rindieron cincuenta litros. Se había conjurado consigo mismo a no probarlo hasta tanto estuviera concluido todo. Al día siguiente reunió a su familia, después del almuerzo, y sirvió sendas raciones para escuchar criterios.

—Está sabroso, pero tiene algo de sabor a manteca —dijo su hermana.

—Un poco ácido, y como con grasa —fue la opinión de su cuñado.

—Tío, está bueno, pero rancio.

Paolo no escuchó más. Salió a la terraza. Olió el vino y lo contempló a tras luz. Retuvo un buche en la boca y lo paseó de carrillo a carrillo. Tragó. Se bebió su ración y tres medidas más. Se sintió chispeante y exclamó jubiloso: «¡Es vino!»

El primer sábado de enero de 1991 se reabrió la tertulia de Paolo. Alrededor de una mesa llena de vasos y con un galón plástico que había tenido agua y que ahora receptaba vino le dijo a sus amigos, ampuloso, cuando ya se había bebido medio litro del licor:

—Saben que mi sobrino Guille trabaja en el puerto de Nuevitas. De allá me trajo medio barril de vino que le regaló el capitán de un mercante, recién llegado de Vizcaya. Cruzó todo el Cantábrico, el Atlántico, de Nuevitas hasta aquí... Este es un vino para beberlo sin sombrero y con los pies descalzos. Es un vino poco conocido, pero ya se vende bien en el mercado —colmó los vasos y prosiguió—. Se llama «Rancio de Navarra».

—¡A su salud y a la nuestra! —brindaron todos.

Y de sábado en sábado consumieron en sus libaciones todo el vino, que en verdad sabía rancio y que nunca fue de Navarra. Nadie se dio por enterado de la burla de Paolo. No podían explicar cómo aquel buen capitán podía seguir trayendo vino de tan lejos, y a pesar de que Guille ya no trabajaba en el puerto de Nuevitas. O tal vez se hacían los suecos.

Febrero de 2006

NAVIDAD

¡Noche de paz, noche de amor!
Todo duerme en derredor,
Entre los astros que esparcen su luz,
Bella anunciando al niñito Jesús;
//Brilla la estrella de paz.//

¡Noche de paz, noche de amor!
Oye humilde el fiel pastor,
Coros celestes que anuncian salud
Gracias y glorias en gran plenitud;
//Por nuestro buen redentor.//

¡Noche de paz, noche de amor!
Ved que bello resplandor,
Luce en el rostro del Niño Jesús
En el pesebre, del mundo la luz;
//Astro de eterno fulgor.//

Este himno es cantado por todas las confesiones cristianas
en el mundo entero. Fue compuesto por el sacerdote aus-
triaco Joseph Mohr y el organista Franz Xaver Gruber, y se
interpretó por primera vez en vísperas de Navidad en 1818.

Esta hermosa versión es una de las más de 300 que se han difundido de este villancico, entre las que se encuentran la inglesa *Silent Night* o la que se canta en alemán *Stille Nacht, Heilige Nacht*. Pero, ¿fue de paz y silencio aquella noche? Para la humanidad en general sí; para una corta familia no.

Hace alrededor de dos mil años en la mal llamada tierra de Palestina, siendo en sus primeros registros históricos la tierra de Canaán, un gobernante caprichoso, como la mayoría de los gobernantes, ordenó que todo el mundo fuese empadronado en su lugar de origen, pues estaba necesitado de reabastecer las arcas de su costoso estado.

«Y José subió de Galilea, de la ciudad de Nazaret, a Judea, a la ciudad de David, que se llama Belén (…) Para ser empadronado con María su mujer, desposada con él, la cual estaba encinta».

Belén era un hervidero de gente. Todos los hospedajes estaban colmados y a María le había llegado el tiempo del alumbramiento. José se deshacía en ansiedad. Era de noche y se encaminó hacia una luz parpadeante en las afueras del pueblo.

—No hay espacio —se adelantó a decir el dueño del local.

—¡Por favor! —insistió José.

El mesonero miró a la joven cuyo rostro reflejaba el trance doloroso por el que estaba pasando y con un ademán les indicó que lo siguieran. Bordearon la casa. El fondo del patio daba a una suerte de cueva donde estaban los animales.

—Es todo lo que puedo ofrecerles —dijo, y se fue.

Dios sabía a quién había escogido como tutor de Su Hijo. José no sería el padre biológico de la criatura que estaba por nacer pero sí el padre legal. Construyó una estera de paja y puso una manta sobre ella. Mientras una comadrona ayudaba a María en el parto José limpiaba y acondicionaba un pesebre. Este rectángulo de piedra, ahuecado para depósito de la hierba, serviría provisionalmente como cuna.

El llanto del recién nacido rasgó la noche. José salió al patio y lloraba recostado en la rocallosa pared, a la entrada de la cueva. «Si todo esto es como anunció Dios a través de su ángel, ¿por qué tiene que suceder de manera tan dramática?», pensaba. El pábilo de su fe humeaba. Pero la fe que vacila a su tiempo se fortalece.

En esa misma hora había pastores que velaban y guardaban las vigilias de la noche sobre su rebaño.

«Y he aquí, se les presentó un ángel del Señor, y la gloria del Señor los rodeó de resplandor; y tuvieron gran temor. Pero el ángel les dijo: No temáis; porque he aquí os doy nuevas de gran gozo, que será para todo el pueblo: que os ha nacido hoy, en la ciudad de David, un Salvador, que es CRISTO el Señor. Esto os servirá de señal: Hallaréis al niño envuelto en pañales, acostado en un pesebre (…) Vinieron, pues, apresuradamente, y hallaron a María y a José, y al niño acostado en el pesebre. Y al verlo, dieron a conocer lo que se les había dicho acerca del niño. Y todos los que oyeron, se maravillaron de lo que los pastores les decían».

Cerca de dos años estuvieron José, María, y el niño en Belén de Judea. Ya no estaban en la cueva. Aunque vivían en una casa alquilada las cosas no estaban bien. La renta se había vencido, la carpintería daba poco y, por demás, José estaba preocupado. No se sentía seguro allí. Tenía temor de Herodes el Tetrarca. Los gobernantes crueles inspiran miedo.

José y María oraban. Tenían pruebas indubitables de que estaban criando al Hijo de Dios, Jesús el Cristo, el Ungido, Aquel de quien los profetas habían dicho: *«Porque un niño nos es nacido, hijo nos es dado, y el principado sobre su hombro; y se llamará su nombre Admirable, Consejero, Dios Fuerte, Padre Eterno, Príncipe de Paz».* Aun así se sentían en zozobra. No tenían una ruta, un mapa, un patrocinador. Solo Dios y Sus promesas. Él, decían los profetas, no quebraría la caña cascada.

Atardecía en Belén. El silencio monótono del pueblo se convirtió de pronto en un suave murmullo que empezaba a escucharse dentro de la casa. Resonaban cascos y ladridos de perros. Algarabía.

José y María eran muy comedidos. Si bien tenían curiosidad no salieron a averiguar lo que pasaba. Pero el tropel llegó a su umbral y alguien tocó a la puerta.

Una caravana de beduinos del desierto escoltaba a unos astrólogos que, guiados por una estrella, andaban buscando al Rey de los Judíos. Querían conocerlo y venían para adorarlo. Así lo hicieron, y le dieron de los presentes que para Él traían: oro, incienso y mirra.

Había llegado la necesaria provisión para el hogar. El oro serviría para pagar las deudas y cubrir las necesidades inmediatas y futuras; el incienso les recordaría la intensa vida de oración a que ellos estaban predestinados; la mirra... ¿para qué la mirra? La mirra se relacionaba con la muerte y el sufrimiento. ¿Habría María olvidado que el anciano Simeón le había profetizado en el Templo que por causa del niño una espada traspasaría su alma? ¿Acaso los profetas no decían de este bebé que llegaría a ser varón de dolores y experimentado en quebrantos? No, María no comprendía el porqué de la mirra, al menos no en ese momento.

A los treinta y tres años Jesucristo fue crucificado. Sufrió la muerte, muerte de cruz, todo ello para nuestra redención, y resucitó al tercer día para nuestra justificación. Antes de ascender a los cielos le dijo a los suyos que estaría sentado a la derecha del Padre. Dejaba para su Iglesia al Espíritu Santo, el Consolador, quien nos recordaría todas las cosas. Y añadió que esperáramos Su regreso, pues Él vendría de nuevo.

Y comenzó la era cristiana.

En el siglo cuarto, en tiempos de Gregorio Nacianceno y de Juan Crisóstomo, en Antioquía, se comenzó a celebrar el nacimiento de Cristo el 25 de diciembre. Nunca se dijo que esa era la fecha real, pero razonaron que todo ser humano tiene su partida de nacimiento, y Cristo, aunque Dios, era también verdadero hombre.

Con tal idea, y con la enfermiza tendencia de organización que tiene nuestra especie, develaron fecha tan providencialmente disimulada y descubrieron el pudor de Dios, según la tendencia incorregible que tienen los teólogos de meterse en lugar donde no les llaman. Así comenzó la Natividad de Jesús.

La cristiandad, a partir del siglo quinto, se acostumbró a esperar en vigilia el 25 de diciembre. Al servicio cristiano de la media noche se le llamó Misa de Gallo. Pero el hambre causa desazón, y estar despierto y sin comer hasta altas horas de la noche produce malestar, y para acabar con ese ruido impertinente del estómago apareció la Nochebuena. Esa cena que debe terminar poco antes de la medianoche, como el baile de «La Cenicienta», en donde el mágico encanto se pierde para dar paso a la cotidianidad de la vida.

Mis recuerdos de la Nochebuena comienzan en 1958, siendo que nací en 1953, y llegan hasta mediados de la década del 60 cuando desapareció. Se anunció en mi país que las Navidades serían pasadas para el 26 de julio, festividad nacional de gran trascendencia histórica de la recién llamada Revolución. Fueron años en que hibernó la Navidad, hasta que después de la visita al archipiélago cubano del Sumo Pontífice Juan Pablo II en 1998, y por influencia de este, la Navidad pasó a ser de nuevo una festividad nacional reconocida y autorizada, después de más de treinta años de silencio. Porque si bien nunca fue proscripta, sí lo fue reprimida, al igual que los cristianos.

Remitiéndome a los siete años de entre 1958 y 1965 puedo relatar lo siguiente, teniendo en cuenta que tenía en ese entonces entre cinco y trece años.

Para la cena de Nochebuena mi familia contaba con nueve participantes, cinco adultos y cuatro niños, entre ellos uno de brazos. Pertenecíamos a la clase media. Mi papá y mi tío tenían sus pequeños negocios en sociedad que comprendían: una bodega, siete casas construidas en 1913, y una colonia de cuatro caballerías y media. Éramos gente común. Ninguno de mis ascendientes rebasó la escuela primaria, y de los que les antecedieron no heredaron nada.

Mi tío Manuel Vila Martínez nació en 1920 y mi padre en 1927. A mi tío lo crio su madrina, Felisa Vargas Hernáez, una joven burgalesa que emigró con su marido a Cuba, y quien en temprana viudez crio a dos niños huérfanos: mi tío y mi mamá. Estos no tenían vínculos sanguíneos entre sí ni con su madre. Mi padre y Manuel fueron socios primero y cuñados después.

El día 24 de diciembre estaba orientado hacia la Nochebuena desde bien temprano en la mañana. La bodega, habilitada con anterioridad, no cerraba con esta febril celebración, pues era una oportunidad más de vender los productos. Estaba situada en la esquina de las calles Marcial Gómez y República, y se llamaba Casa Sáez de Vila y Gil, por el apellido del difunto esposo de mi abuela, Antonio Sáez. Allí podía encontrarse desde un camarón seco hasta manzanas y uvas.

Normalmente se compraba y sacrificaba un cerdo de alrededor de 80 kilogramos que, después de escurrido y adobado, se mandaba a asar a una panadería. Los platos obligatorios en el menú eran: arroz congrí, también llamado «moros y cristianos» y que es un compuesto de arroz con frijoles negros, especias y carne; yuca con mojo a base de aceite, naranja agria y ajos; chicharritas, también llamadas mariquitas; tostones y lechuga con tomates maduros. Para los postres: cascos de toronja, torrejas y buñuelos sumergidos en almíbar clara después de fritos con forma de número ocho.

Añádase a este menú las avellanas, nueces e higos secos, turrones de Jijona y Alicante, turrones de yema y de maní, uvas, manzanas y peras. Para beber había vino tinto, de copeo, y vino dulce, de pasas, también se consumía la sidra. En nuestro medio nunca champán; el ron era el Bacardí; las cervezas: Cristal, Hatuey, Polar y la Tropical. No recuerdo escenas de embriaguez, ni en mi familia ni en el entorno. Se recibían con beneplácito las visitas y nadie pasaba esa noche en solitario.

Éramos católicos, pero a decir verdad solo la piedad cristiana estaba enraizada en mi abuela Felisa. Ella nos llevaba a los niños a Misa los domingos en la mañana, siempre vestida de carmelita según una promesa que había hecho y a la que se obligó de por vida. Hacía un altar en el comedor de forma piramidal, rematado en su vértice con la figura del Cristo crucificado. Ese día todos los santos se ponían juntos y era como una fraternidad de íconos. Se encendían velas para todos ellos y se hacían rogativas y votos. Alguna vez fui con mi abuela a la Misa de Gallo. Vivíamos a solo tres cuadras de la iglesia, hoy Catedral, conocida también por la Misa de los Pastores en rememoración de aquellos que, al nacimiento de Cristo, velaban y cuidaban sus rebaños. La «Misa de los borrachos», me dijo ella, que así le decían en España, «porque algunos fieles llevaban en esa medianoche el retrato de La Rioja en el rostro».

Todo esto es parte de lo que conservo en mi memoria, un pequeñísimo sector en el inmenso círculo de la historia. Como parte de este bosquejo de lo que fue la rutina de aquellos años, «cuando éramos pobres y felices», incluyo lo que sigue.

Mi madre fue la sexta de siete hermanos. Cuando su mamá, Ana Sánchez León, murió de tifus a los cuarenta y siete años, mi abuelo Ramón les buscó casa a sus dos niñas pequeñas. La una fue a vivir con una familia conocida como los Alemanes, a esta le fue muy mal, y a mi mamá le tocó en suerte el hogar de Manolo y Felisa donde le fue muy bien. Ella nunca renunció a los lazos sanguíneos de aquella prole, ni ellos tampoco.

Mi tío Neno era un obrero agrícola, poeta y parrandero. Vivía en una casa de tablas y techo de guano en el barrio de la Piñera. Su esposa Alicia le parió cuatro hijas y por último un varón. En un 24 de diciembre llegó a mi casa cariacontecido.

—¿Qué te pasa Neno? —le preguntó mi mamá.

—Hoy será Nochebuena y nosotros no tenemos ¡nada! El viejo Moreno muriéndose, Alicia enferma y yo sin dinero.

De momento no se le dijo nada, pero se acordó que ellos también tuvieran su Nochebuena. No era nada dificultoso.

Para que se tenga idea, en cierta medida, lo que era el costo de la vida por esos años, transcribo un «Compromiso de pago» que conservo del año 1960, en el tiempo en que el peso cubano tenía paridad con el dólar estadounidense.

7 libras de arroz (100%) x 15 centavos = $1.05
6 libras de manteca de cerdo x 17 = 51 centavos
3 libras de frijol negro x 9 = 27 centavos
2 libras de frijol colorado x 15 = 30 centavos
Ajo y cebolla = 15 centavos
2 jabones = 25 centavos
Comino, laurel, pimienta, orégano = 5 centavos
1 libra de tocino = 28 centavos
2 libras de azúcar = 18 centavos
2 latas de sardinas = 40 centavos
3 libras de carne de cerdo = 75 centavos
3 libras de carne de res = $1.35
10 huevos = 50 centavos
20 plátanos = 60 centavos
1 libra de sal = 3 centavos
1 libra de café = 85 centavos
1 galón de petróleo = 40 centavos
7 latas de leche condensada = 70 centavos
Pan = 70 centavos
7 cajas de cigarros = 56 centavos
2 cajas de fósforos = 10 centavos

Todo para un total de $9.98. Y se devolvían los dos centavos. Al bodeguero no se le daban propinas. Él sí estaba en la obligación a dar «la contra» y el aguinaldo.

Temprano en la tarde mis padres subieron a la camioneta todo lo necesario para la Nochebuena de mi tío Neno. Un lechón recién horneado, vinos y turrones, en fin, lo mínimo básico para la celebración. No se les avisó para darles la sorpresa.

Cuando llegamos a la casa ya había empezado el jolgorio:

canturías de poetas y un cerdo enorme asándose en una parrilla. El viejo Moreno, su suegro, estaba recostado en su taburete a un horcón de la casa, fumándose un tabaco y con el sombrero de guano ladeado en la cabeza y el machete al cinto. Alicia riéndose. Como siempre nos recibió con las mismas palabras:

—¡Y ese milagro! ¿Qué hacen ustedes por aquí?

—Mi hermano —le preguntó mi mamá, ignorando a su mujer—. ¿Y esto qué cosa es?

—Je, je, apareció algo y... vaya... tú sabes, se enderezó la cosa. Me saqué un terminal, el catorce, cementerio —explicó—. ¡Nada, mi hermana! Que yo nací con suerte.

Mi papá riéndose le dijo a mi madre:

—Cuando me lo llevé a trabajar a la finca se escondía para dormir en las zanjas, y si guataqueaba se dormía recostado a la guataca. Pero donde escucha una guitarra se espabila. Ahí tienes a tu hermanito.

Y dirigiéndose a mi tío:

—¡Que lo pases bien, Neno! Aquí te dejo la Nochebuena del año que viene.

Y nos fuimos con la misma alegría conque llegamos. Fue la última. No hubo otra, pues ya no tenemos Nochebuena en la forma en que la conocimos. Ya casi termina el año 2011. Ayer fue un día como otro cualquiera y hoy 25 de diciembre es un domingo más.

El conocido cantautor Carlos Puebla, que supo en su tiempo a qué y a quién cantarle, en una de sus humorísticas composiciones musicalizó oportunamente el momento que nos ha tocado vivir: «Se acabó la diversión, llegó el Comandante y mandó a parar».

25 de diciembre de 2011

PANEGÍRICO

Tengo náuseas y este embarazo me está siendo más fatigoso que el de hace diez años, cuando tuve jimaguas. Ya voy por veinte semanas de gestación, tengo cuarenta años y estoy en mi guardia médica, ¡nada menos que por veinticuatro horas!

Mi vida es tan simple que no merita ser contada, pero una compañera de trabajo, conocedora de mi afición por las letras, después de haberle sido partícipe de mis confidencias en una madrugada en la que afortunadamente aparecieron pocos pacientes, me obligó a desbarrancarme y lanzarme en la corriente cenagosa de la opinión ajena, a llorar lágrimas de barro dentro del barro, y a poner en conocimiento de algunos mis interioridades.

No soy fea ni bonita, joven ni vieja. Soy una mujer. «Una mujer es hermosa cuando es amada». Y fui hermosa una vez en mi vida.

Lo conocí a mis treinta años, por accidente. Había muerto mi abuela, que era su tía, y había pedido ser sepultada cuerpo a tierra. Fue él quien hizo el panegírico al pie del hoyo, y mientras hablaba me pregunté cómo este hombre, a quien nunca había visto, conocía tan bien a mi abuela y presentaba una largueza de razones competentes para canonizarla. Todo lo que decía era cierto. Allí, junto al cadáver insepulto, comenzó mi interés por aquel primo desconocido.

Mi primo me enseñó muchas cosas. Me enseñó a ver más allá de la pediatría. Fue quien llamó mi atención sobre el sufrimiento de los animales, por eso puedo oler la sangre inocente del bravo toro de Miura, y sentir el dolor de los perros en combate. Por él dejé de aplastar grillos, porque «no se mata a los enamorados, esa es su canción de amor». Por él estoy escribiendo más para mí que para otros.

Cuando comenzó nuestra amistad yo no tenía hijos. Deseaba tener varios, aún como madre soltera, pero siempre posponía el hecho por una razón u otra. Mucho le hablé de este asunto, pero en ese tema se mostraba reservado. Con el paso del tiempo llegué a la conclusión de que «él era el único amor que conoció mi sangre». Amor silencioso, doloroso y tenso. Me le insinué de mil maneras, ¡ni modo!

Una tarde, en mi desazón, tomé mi viejo y gastado automóvil y recorrí los cien kilómetros que nos separaban. Llegué a su casa sin un plan, pero con un propósito. Después de los saludos le dije:

—Una amiga me dijo que, por lo que se ve, tú estás enamorado de mí.

—¿Qué gustas tomar? —fueron sus palabras.

—Nada —le dije.

—No —fue su lacerante respuesta—. No estoy enamorado de ti. Eres mi prima, mi familia, nieta de mi tía… Yo te quiero, pero nunca me ha pasado algo así por la mente. Tu amiga confunde mi cariño filial con amores. Está errada. ¿Cómo habría de enamorarme de mi prima preferida?

Se paró de donde estaba, llegó a mi lado y me abrazó la cabeza besándola. Se fue para la cocina a buscar algo. Sé que salió para no ver mis lágrimas.

Mi propósito quedó sin proposición. Me fui con el gélido dolor de la vergüenza. Sabía que él no había creído en mi desmañada mentira –no estoy entrenada para ello–, y comprendí por primera vez en la vida esa frase que se suele escuchar y que no dice nada: ¡Ojalá me tragara la tierra!

El tiempo todo lo cura. Y mi vergüenza pasó.

Un día conocí al padre de mis hijos. ¡Nada menos que jimaguas! Ellos crecieron y mi esposo murió en África. Pisó una mina antipersonal y se desangró. No fue su elección. Había sido otro toro de Miura.

Cuando cumplí treinta y ocho años mi primo vino a verme. Era mi día franco, los niños estaban en la guardería y yo en mis quehaceres. No acostumbro a celebrar cumpleaños. Apareció en el porche. Siempre que llegaba era como un amanecer, y cuando se marchaba, el ocaso.

–Siéntate –le dije, después de besarnos en la mejilla.

–No, solo vine a felicitarte, y a conversar unas palabras.

Insistí que se sentara. No quiso. Últimamente esbozaba un discreta mueca al levantarse o sentarse. «Reuma», decía.

–¿Me permites…? –dijo.

Estábamos el uno frente al otro. Yo nunca más había vuelto a pensar en él, pero «el trauma despierta el mal que duerme». Mis sentimientos hibernaban. Asentí indecisa. Alzó mi barbilla con su mano derecha y me besó en los labios con dulzura y amor, pero fue un beso desapasionado. Me sujetó la cintura con sus manos y me besó el seno sobre la ropa. Ya separándose me dijo:

–Te amé desde el primer día en que nos vimos. No he dejado de amarte nunca y te querré siempre. Sé que tú también a mí. Yo tenía mis hijos y tú querías tener los tuyos. En nosotros la consanguineidad es un riesgo. Lo sabes mejor que yo. Sé que eres una mujer buena, pero conozco también que tus relaciones afectivas no son duraderas. Te casaste para parir. Esa fue tu meta y, por suerte, te fue bien. Solo era cuestión de tiempo para mí. Pero nunca pensé que sería de forma tan dramática tu nueva soltería. Aun así, el orden de los factores no altera el producto. Sola. A casi un año de viuda. Ahora, tal vez…

Cerré su boca con un beso, lo abracé y me hundí henchida de felicidad en su pecho.

—¿Te quedarás? —le dije atolondrada, mientras enjugaba con el dorso de mi mano mi rostro llorón.

No dijo nada. Me abrazó suavemente, delineó mi rostro con sus labios, olió mi pelo, y me miró hasta el rubor. Con voz suave me dijo en un susurro, al oído: Un sauce de cristal, un chopo de agua/ un alto surtidor que el viento arquea/

—No sé si el poeta pensó en nosotros, y en esta tierra —dijo—, o vislumbró el futuro. No lo sé. Sabrás de mí. No te preocupes.

Fue lo último que dijo. Y se marchó.

Junto al sepulcro un hombrecito leía con voz destemplada. Parte de su discurso decía: «Fue discreto hasta en su muerte. Sabía de su enfermedad ya en fase terminal. Su final y agónica gestión fue visitar a sus familiares y amigos».

Yo lo sé. Hoy traigo otro varoncito en mi vientre y seré una madre mayor. El niño llevará su nombre y algún día le contaré la historia de aquellos versos de Octavio Paz que él asoció a nuestro amor trunco, y que por el bien de los hijos que no podían ser suyos me recitara en mi último amanecer y en mi último ocaso.

25 de Octubre de 2012

MISÓGAMOS

I

En la asoleada terraza se columpiaba imperturbable el viejo, mientras contemplaba los gorriones que anunciaban el final del día en sinfonía desordenada.

—Es la hora del concubio —musitó—. Pronto vendrá Sofía.

Hacía años que el octogenario anciano acostumbraba a recogerse cuando caía la tarde. Poco antes de acostarse preparaba su última comida: una taza de leche azucarada que calentaba en la única hornilla de su añoso fogón. Padecía la endemia de las soledades: hablaba solo.

—¿Cuándo llegará esta mujer? ¡Habrase visto!

—Sonó el timbre.

—¿Quién es y qué se le ofrece? —preguntó desde adentro.

—Soy yo, Sofía.

—Pasa —dijo, al tiempo que abría y le franqueaba la puerta.

Finalizaba enero y las tardes eran frescas. Ella, arropándose con los brazos, comentó:

—Hace un poco de frío.

El viejo no respondió, nunca lo hacía. La mujer venía todos los martes, exacta e inoportunamente a la hora en que él, por pretérita y vigente costumbre, se encerraba en su casa. «Atrancaba» —decía—, «porque de hecho vivo encerrado». Después de atrancar llegaba el tiempo del «hermano asno», su tiempo. Y en esta precisa hora, una vez por semana, llegaba ella, cercenando sus costumbres. Pero... ¿qué le iba a hacer? ¡Genio y figura hasta la sepultura! Siempre había sido un caballero, y si esta mujer necesitaba de él le servía, a disgusto, pero con gusto.

Ella tenía alquilado un pequeño apartamento en el edificio de enfrente, y una vieja monja, amiga de su madre y propia de él, la había recomendado como persona seria. En cuestión: requería recibir una llamada, de cuando en cuando, de su hermano en España. Que la pobre era huérfana, que aquí y que allá. «¡Basta!, hermana, por favor», se había impacientado el viejo, «que venga cuando lo necesite».

Y así, todos los martes, entre seis y siete de la tarde, esperaba su llamada. Concluida esta, el viejo escuchaba el estribillo final: «Hasta la semana que viene».

—Hasta mañana, José —se despedía—. Y muchas gracias. Perdone tanta molestia.

—Molestas poco.

—¿Podría volver el martes?

Su pregunta fue cortada secamente:

—¿No se lo has dicho ya a tu hermano?

Y después de este primer diálogo de despedida, nunca más volvió a excusarse ni a interrogar.

—Muchas gracias —decía Sofía al concluir.

—No merece —contestaba el viejo.

—Hasta mañana.

—Cierra al salir.

Luego, por las mañanas, cuando el viejo barría su portal y Sofía salía apresurada para su trabajo, se saludaban:

—Buenos días, José.

—Buenos días —y ponía el viejo atención en la escoba y en el suelo.

72

Pasados unos segundos, cuando sabía que en la larga calle no se encontraría con sus ojos, la miraba hasta que su cansada vista perdía la móvil figura. «¡Pobrecita!», decía negando con la cabeza, al tiempo que daba los últimos escobazos y se metía en su casa.

Habían transcurrido cuatro meses y Sofía dedujo que al viejo no le gustaba conversar y que era poco comunicativo, al menos con ella. Tampoco aceptaba favores ni regalos. Los sábados el viejo baldeaba el portal y los sábados Sofía no trabajaba. Y en uno de estos vino y con la mejor de las sonrisas lo saludó:

–Vengo a ayudarle.

–¿Quién te lo pidió?

–No, nadie... es que...

–Mire, joven. Me permito ser amigo y protector de algunos perros callejeros. Ellos tienen mis columnas por urinarios y es mi responsabilidad mantener la higiene del entorno. No me molestan; tampoco yo los molesto a ellos. Pero usted aquí nos molesta a ellos y a mí. ¡Váyase!

Sofía pensó que el viejo no estaba bien de la cabeza y se marchó. En otra ocasión, en una de sus obligadas visitas a la casa del viejo, le había llevado una rubicunda panetela.

–La hice para usted, José.

Y como el viejo no le respondiera la había puesto en la mesita de centro, en la terraza. Siete días después ahí mismo la había encontrado, mohosa y picoteada por los gorriones. Aun así, y como a la tercera va la vencida, la buena mujer se arriesgó una vez más, sería la última. Mientras esperaba sentada frente al viejo, le preguntó con humilde y maternal sonrisa:

–¿Me permite...?

«¿Me permite hablarle?», hubiera querido decir. El viejo, mirando por sobre las gafas, esperó.

–Quisiera servirle en algo –musitó–. Si usted me lo permite yo puedo prepararle la cena, o hacerle la cama –dijo más animada al ver que no la detenía–. Usted me dice y yo...

—Escuche —interrumpió—. Me baño solo los domingos. El sábado el portal recibe agua y el domingo yo, y ese día, hasta ahora —resaltó—, usted no viene. ¡Y a un anciano como yo no se le prepara el baño! ¡Se le baña! —rugió—. En cuanto a la cena —dijo más calmado—, hace años que no cocino, desde que perdí los dientes. Me alimento solo con leche, huevos y azúcar. Los huevos crudos, solo en el almuerzo. Algunas frutas complementan mi rudimentaria alimentación. No es porque sea un asceta. No. Es que cuando el estómago no puede con cargas mayores se lo avisa al cuerpo tumbándole los dientes; mi prótesis es solo por estética. Los viejos perdemos la dentadura para prolongar la vida. Y de arreglarme la cama... Duermo en el suelo, como los beduinos. Toda mi casa es cama cuando llega la noche. Mire, usted tiene ahora los pies sobre mi lecho. ¡Quítese los zapatos!

Sofía se dio por vencida. Comprendió que los muros donde se encerraba el viejo estaban muy altos, que el muelle donde descansaba su terquedad no estaba rendido, y que del teléfono en adelante: ¡ni un paso! Y se limitó al teléfono.

II

Los amigos del viejo se podían contar con los dedos de una mano, y sobraban dedos. Entre ellos estaba Facundo. Lo doblaba en edad, y a pesar de esta diferencia se entendían bien. El viejo hacía siempre el té que Facundo aprendió a tomar sin azúcar, como los chinos. Conversaban de disímiles temas, con una cultura autodidacta y mediocre, «cultura de resentidos», decía el viejo, «anárquica». Y así, en infatigable cháchara, entre sorbos de té y tisanas de las que el viejo gustaba y acostumbró a Facundo, se andaban por los entuertos de la historia, condenando y absolviendo a discreción. Embarraban la política y manoseaban los recuerdos.

El viejo conservaba tibios rencores contra Franco. «Fusiló a dos de mis tíos», le contaba una vez. «Uno de ellos era cura, ¡y ni eso respetó! Los demás huyeron a Francia». Del país galo con regularidad decía: «Santuario y ciudad de refugio de los desgraciados, camuflaje de bribones». Y de ahí, asociando la geografía a la historia, entraban en la Revolución Francesa, siguiéndole el turno al déspota Napoleón y al camaleónico Fouché. Rémoras de personalidades, viviendo de los desperdicios de vidas arruinadas, sin hurgar en sus propios troncos, donde más de una acerada hacha hundió su filosa hoja. Sus propias vidas no llegarían a las páginas de un libro ni marcarían fechas: serían la estela de un barco, una ola, un poco de agua. No agua del río Jordán, sino un poco de agua de cualquier río de ignorada isla. Eran dos dígitos de un censo. Estos dígitos tenían la afinidad de lágrimas paralelas por muy corto trecho, por un trozo de vida, caídas en la tierra y absorbidas.

—Querido amigo, le dejo —decía Facundo al marcharse.

—¿Cuándo vuelves? —preguntaba el viejo.

—Pronto.

Pronto sería cualquier día, en el que entre tres y cinco de la tarde disfrutarían las insípidas pláticas del lejano pasado y del pasado reciente, acompañados de sus infusiones. El viejo repetiría las mismas historias y, a la luz de escasísimos relámpagos, preguntaría indeciso:

—¿Te lo he contado antes? ¡No dejes que me repita!

—No —contestaba Facundo—. Continúe. Me interesa.

Nunca hablaban del futuro. No lo tenían. Tampoco hacían planes.

III

Llegó el mes de mayo y con él las flores. Era el martes de Sofía, la hora de los gorriones y del frustrado concubio.

—¿Qué le pasará a Sofía? —se impacientaba el viejo como siempre.

Llamaron a la puerta.

—¿Quién es y qué se le ofrece? —recitó.

—Facundo —se identificaba con el nombre a secas.

Al tiempo que abría la puerta le preguntó:

—¿Tienes algún problema?

—Ninguno —sonrió—. Necesito usar su teléfono. ¿Puedo?

—Claro que puedes. Pero, pasa hombre, pasa —dijo quitándose del medio.

Al trasponer la puerta Facundo atravesó la sala y se acomodó en una silla en la saleta, junto al teléfono. El viejo continuó hasta la terraza, donde se sentó en un gastado sillón de caoba. Muy poco tiempo después, y sentado frente al viejo, aclaró:

—Está ocupado. Llamaré luego.

—Como sabes, dentro de un rato estará Sofía por aquí. ¿Te he contado? Sí, me has dicho que la conoces. El hermano es un cronómetro, así que insiste y aprovecha ahora. Cuando ella llegue estás anulado.

—No se preocupe, José. No era nada importante.

—Sofía volará dentro de unos días. ¡España!

—Algo he oído.

—Yo no converso con ella, menos le pregunto. Sería legitimar este teléfono como público, y no lo es —aclaró—. Pero por palabras sueltas... ¿Qué sabes tú?

—Poco, casi nada. Solo sé que emigra.

Sonó el timbre. Facundo se dirigió a la puerta. Era él quien la atendía cuando visitaba al viejo.

—Buenas tardes, Sofía. Pase.

La mujer se sorprendió al escuchar su nombre. Era inusual la familiaridad. Apenas lo conocía.

—Buenas tardes —contestó—. Gracias.

Atravesaron las dos habitaciones rumbo a la terraza. Ella iba delante, él detrás. A una indicación del viejo Sofía se sentó a su lado.

Era la terraza un rectángulo de tres por cinco metros. En las mañanas el sol irrumpía con movedizos fogonazos blancos que llegaban burlando la maraña del frutal que crecía extramuros, aleteando cual mariposas de luz en los mosaicos del piso y en las glaucas paredes, donde esmeraldas de plantas colgaban en abigarrado tropel. Entre la arboleda y las columnas que soportaban el techo crecía un seto de rosas: línea divisoria entre la casa y el patio.

El viejo amanecía en su vergel y allí, muy severo, confesaba:

—Mis amigos... —recorriendo con la vista las macetas, el rosal y la arboleda contigua.

Mangos, aguacates, limoneros, naranjos, chirimoyas y guayabos, hacían cúpula verde y suelo de sombra, donde colchas de hojas abrigaban y alimentaban la fértil tierra.

—Quisiera que me sembraran en mi patio —decía muy a menudo—. Pero tal vez no sea posible. ¡Seré comida donde hay tanta! ¡Cuán frondosos son los árboles del cementerio! —suspiraba.

En una ocasión había ido a cierta oficina a donar su cuerpo —post mortem— para abonar el patio de su casa, pero lo tildaron de loco.

Atardecía. Las mariposas de luz se habían marchado con el sol, por el oeste. La cercana naturaleza muda opacaba la pujante y bárbara civilización. Algunas plantas se entregaban al sueño recogiendo sus hojas y sus flores, mientras otras despertaban, como el galán de noche, que empujaba lejos su perfume. De cuando en cuando se escuchaba el sonido de una fruta que caía.

El viejo miró a Facundo y este comprendió que su estancia allí no se justificaba. Estaba de más. Fue entonces cuando Facundo habló:

—Sofía —anunció con calma—. No estoy aquí por casualidad. Vine porque necesito hablarte. ¿Me permite, José?

El viejo levantó la gacha cabeza. Él nunca oía, pero oyó. Sofía descruzó las piernas y miró a Facundo, sorprendida. Lo había visto. No sabía dónde. En una pequeña ciudad, en más de treinta años, ¿quién no se conoce? Pero hablar con ella... ¿sobre qué?

El viejo se puso en guardia. Algo estaba por suceder en su casa. Su mutismo habitual no era timidez sino cansancio.

Había vivido mucho. Cuando murió su esposa, y sin haber tenido hijos, se sumió en una indiferencia monacal. El claustro y las plantas fueron su consuelo. Dejó de leer: «Ya no tengo fuerzas», se lamentaba. Sin embargo, se descubrió intrigado. Sabía que Facundo no continuaría sin su permiso, y presintió que necesitaba de él. Era su amigo. Le serviría.

—Te escuchamos, Facundo —autorizó.

Todo lo que pasaba en su casa le concernía.

IV

Lentamente comenzó. Como quien lee una inscripción de nacimiento o un acta de defunción.

—María Sofía González García. Te conozco desde que eras una niña. Naciste un 24 de febrero y tienes hoy 38 años cumplidos. Tus padres fueron Mariano y Mercedes Sofía. La casa de toda tu vida estaba en Narciso López, número 148, y el teléfono de ustedes era el 408. Hiciste la escuela primaria en el Teresiano y la secundaria en la «José Martí», finalmente terminaste el preuniversitario en el Instituto.

Sofía lo miraba de hito en hito. Facundo continuó:

—A los veinte años te casaste con Vallejo, y después de cinco de penas para ambos optaron por el divorcio. Juraste que jamás volverías a casarte. «No valía la pena», decías. Pero el tiempo diluyó tu juramento y amaste de nuevo. De más está que te mencione el nuevo fracaso y la inutilidad de José Antonio. Nada, que no tenías suerte. Entonces, ya muy en serio, se renovaron los votos. Sin embargo, ahora, con el bálsamo del tiempo de enemigo, tus hábitos son harapos, y por uno de sus jirones percibo un corazón penitente cuyos élitros en llama, de cuerdas casi gastadas pero afinadas y sonoras, gimen en su letanía como el solitario grillo a quien solo responde el eco. ¿Me equivoco? No, no me contestes, lo harás después. En los últimos tres años perdiste a tus padres, y ese verdadero dolor enterró para siempre los dolores secundarios. Sin embargo, ¡caso extraño!, hoy, más que antes, la carne se rebela y grita, y el ungüento del cariño de tus padres que enervaba la Venus dormida, al faltar, la exacerba, levantándose como amazona herida; y tú sufres porque ya no puedes, crees que no puedes amar de nuevo. Hace diez meses vendiste la casa. ¡Y fue tanta la pena que hasta las puertas lloraban!, ¡cuántos recuerdos! Ahora vives aquí enfrente, tercer piso, apartamento seis, y piensas que ya por muy poco tiempo. Viajas para España a reunirte con tu hermano. ¿Cómo está Paco? Tenemos la misma edad. Dime ¿te conozco?

«¿Quién era este extraño hombre?», se preguntó. «Todo era cierto, pero...»

—¡Pero! —dijo asombrada—. ¿Adónde va con todo esto? ¡Yo no sé quién es usted! Explíquese, por favor.

—Te ruego que me perdones. No es mi intención hacerte sentir mal. Ten un poco de paciencia, me voy a explicar. Soy diez años mayor que tú, por eso te tuteo —sonrió—. No me recuerdas aún, pero sí, sabes quién soy. Te conocí cuando tenías cinco años y te llevaban por primera vez al Kindergarten. Yo era amigo de Paco y recién comenzaba a visitar tu casa. En el amplio patio de tierra, y bajo la saludable sombra de un frondoso tamarindo, hacíamos tertulia los muchachos del barrio. Nos reuníamos por las tardes y, a veces, alguna que otra mañana. Yo era nuevo en esa zona y fui generosamente recibido por tu familia. Tu mamá era una mujer muy dulce y tu papá un hombre en exceso divertido, amigo de hacer jaranas. Tú, tú eras una pequeña niña en quien apenas reparaba. Un día tuvimos la pena de saber que Paco se iría para España, con unos tíos. Ustedes le seguirían después, pero después nunca llegó. Cuando tu hermano se fue el grupo se dispersó —Facundo hizo una pausa—. Pasaron los años, supe de tus matrimonios, que no te había ido bien y así, más de cerca o más de lejos y sin ningún interés, por más de treinta años, he sabido que existías. Pero a decir verdad: hace solo doce meses que te conozco —subrayó—, en el sentido exacto de la palabra.

El viejo se levantó.

—¡Un momento! —dijo—. No puedes seguir. Por ahora —especificó—. Voy a preparar el té —y abandonó la terraza rumbo a la cocina.

Cuando al viejo le interesaba algo ordenaba silencio, hasta que regresaba. Era intransigente en ello.

La mujer escuchaba absorta. Sí, recordaba los amigos de su hermano y el abejeo que formaban en el patio. Ellos tenían sus tiempos: el tiempo del trompo, el de las bolas, el del bolero y el de los gallos, que era el tiempo de todos los tiempos. Cuando por vez primera les escuchó decir: «Vamos a pelear las monas», el asombro y la curiosidad le embargaron. «¿Pelear monas?, ¿cómo sería eso?» Para ella los monos no peleaban, ¡todo lo contrario! Esos simpáticos animalitos que conocía del zoológico y de los circos, que deleitaban con sus piruetas y comicidades... ¿peleaban? ¡Candidez de la infancia! Luego supo que las «monas» eran los gallos inservibles que los galleros regalaban a los muchachos, o que por un par de pesetas vendían los polleros a los niños que comenzaban a entrenarse en el bárbaro y cruel «deporte» de las espuelas.

Gallos tuertos, cojos, desplumados, cocidos a puñaladas, inútiles para todo menos para aquellos muchachos, cantaban en las galleras y en los rejones, donde cada uno tenía su divisa, escrita con rasgos infantiles: Palillo, el Bolo, el Tuerto, la Mona. Estos se llenaban de huecos para que cachorros de hombre empezaran a embriagarse con la salvaje carnicería. Detestaba aquellas peleas. Luego a los gallos muertos se los llevaba una indigente: la Bizca, que hacía de la carroña sustanciosas sopas, por lo que llegó a ser muy bien comprendida esta mofa entre la chusma infantil: «¡Tu gallo es pa´l caldero de la Bizca!»

Sí, ella recordaba a los gallos, y a los muchachos: Gilberto, Tavito, Ramiro, Pepe... Había perdido otros nombres y algunos rostros. ¿Facundo? ¡Sí!, estaba registrado. En los recónditos rincones de su cerebro, si lo había soñado o vivido no lo sabía, conservaba una escena, nebulosa y difusa. Pero las palabras de Facundo fueron el sol que disipó la bruma que envolvía sus recuerdos, y con nitidez rememoró.

Su padre, alegre por la cerveza y con ella entre las piernas, sentado en un taburete y recostado a un horcón, bajo la sombra del inmenso cobertizo de tejas, llamó a un muchacho de edad imprecisa, que obediente vino a su lado. No tenía la imagen exacta de su rostro, pero sí conservaba el diálogo que se desarrolló entre ambos:

—¿De dónde sacaste ese bolo?

—Es de los gallos de Vicente María.

—Parece muy bueno —se había burlado mi padre.

—Es tuerto, señor —confesó el muchacho.

—¡Ah! Ya veo. ¿Cómo te llamas?

—Facundo.

—¿Facundo Quiroga? ¿El gaucho malo?

—No, señor. Facundo Rodríguez.

Su padre le había dado dos palmadas afectuosas en la mejilla con su mano gorda y pecosa que siempre olía a ajos.

—Vete con tu gallo hijo —le había dicho—. De veras, es un gran gallo. Lástima que sea tuerto.

Facundo había sonreído con el piropo, y eso era lo que recordaba de él: la transparente sonrisa de un muchacho. ¡Cómo olvidar la sonrisa o las lágrimas de un niño!

Era esto parte de lo que estaba en «su archivo», en «su unidad sellada». A la izquierda o a la derecha de su cisura inter hemisférica, no sabía dónde, pero existía. Solo que esta obra, representada en el escenario de su vida, en su alma de niña, había sido estrenada una sola vez, en breves minutos y hacía de ello treinta años. ¡Insondables misterios de la mente humana! ¿Cómo comprenderlos? No hay manera, por mucho que se esfuerce, el hombre no puede explicarse a sí mismo.

Cuando la decrepitud llega a la vida y la mente parece haberlo perdido todo, no es imposible que el senil rescate tesoros de sus primeros años. La niñez es el barro sin hornear donde se detallan los primeros trazos. Luego, con el bregar de la vida, estas marcas se cocinan y perpetúan. Facundo era un sello en su vida, una huella para siempre.

Llegaba el viejo:

—El té está reposando. Continúa.

Facundo prosiguió:

—¿Cuál es mi razón de conocerte? No es que sea un fisgón; menos está en mí el querer hacerte daño.

—¡Y yo no lo permitiría! —se irguió amenazante el viejo—. Tú —apuntó con el índice acusador—, eres mi mejor amigo, ella es mi huésped y mi protegida, siempre que esté debajo de mi techo. Te tengo por serio, y si no... —indicó con el acusador la puerta.

Facundo sabía que lo botaba de su casa. Era la suerte que habían corrido casi todos sus amigos, a veces con toda la razón y a veces sin ninguna. Sufría del «síndrome querellante». El viejo se sentó y con un ademán le indicó a Facundo que continuara.

—Te hablaré algo de mí, solo un poquito. Es necesario. Soy huérfano de madre desde los doce años, y siendo un hijo «natural», natural es que no conociera a mi padre. Mi crianza estuvo a cargo de mi piadosa abuela, quien suplió con creces la ausencia de mis progenitores. Al morir, me dejó el sabor impreciso de los viejos. Eso no puedo explicarlo. Leyendo sobre el maná supe que ese era su sabor: a pan del cielo —los ojos de Facundo empozaban lágrimas—. Era amiga de refranes. Cuando llegaba lloroso me abrazaba y decía: «Ven hijo mío, que tú no eres el hijo de la picarazá»; y si traía las rodillas raspadas y me encontraba quejoso sentenciaba: «Sarna con gusto no pica». Cuando el pan era magro y los caldos claros, y nada apetitoso se veía en nuestra mesa animaba: «Para comer y rascar, no tienes más que empezar». Y era cierto. Ya comenzando a ser hombre, si me enamoraba y llegaba tarde...

Facundo calló, había estado sacando recuerdos sin pensar en su auditorio.

—¡No te avergüences! —interrumpió el viejo—. Yo conozco ese refrán de la abuela —dijo dirigiéndose a Sofía—. Mucho hemos hablado de ella: «Más halan un par de tetas que una carreta».

—Perdone —balbuceó Facundo—. Tal vez le parezca sucio pero en labios de mi abuela todo era limpio —suspiró—. Poco después de su muerte, y con veinticinco años, me casé con una buena mujer, tan buena como tú, pero éramos dos desconocidos. ¿Crees en el amor a primera vista? Yo sé que crees. Existe. ¡Pero cuidado! Es como comprar un gran melón en el mercado: no sabes cómo será por dentro hasta que llegues a la casa y lo troces; o como el que, subido a un árbol alto, se lanza al espejo de agua que azulea en la ribera. La ribera es verde y el cauce es ancho pero... ¿hay profundidad? Es posible que aciertes en todo o que no aciertes en nada; están dadas las mismas posibilidades. En nuestro caso no acertamos. Ella hubiera sido la mujer perfecta para otro hombre, su hombre, y yo el hombre perfecto para otra mujer, mi mujer. Viví veinte años sufriendo y haciendo sufrir, llorando y haciendo llorar. Habiendo perdido mi escasa familia y no pensando en el divorcio como una solución, aposté por el estoicismo y negué a Epicuro. Entonces ensayé a ser su hermano, no su amigo, los amigos son afines. La amistad no es paralela sino convergente, tiende a unirse en el camino y se fusiona, finalmente, en un vértice de acero; y nosotros éramos paralelos, unidos solo por traviesas y clavos. Fue muy triste... ¡Nos proyectábamos de manera tan diferente! Y que fuera mi hermanastra, no funcionó. El abrazo de un hermano es medio abrazo, cuando necesitó uno entero se marchó. No le dije que se fuera pero no fui a buscarla. Un tiempo después, cuando vino por el divorcio, le di las gracias. Había tenido más fuerza de carácter que yo. Al descubrirme libre y aprender a vivir solo de nuevo, comprendí que había estado sitiado, y propuse en mi corazón no volver jamás a aquel estado. Asocié la esclavitud al matrimonio, y me convertí en misógamo, como lo eres tú.

—¡Alto ahí! —dijo el viejo—. ¡Ni una palabra más! Voy por el té —y salió con una agilidad desconocida.

Sí, ella ahora recordaba la boda. Estaba en el portal de su casa con sus padres viendo los carros pasar y el ambiente festivo de la caravana. Solo dos seguirían en el camino. «¿Cuánto durará?», había dicho su padre. «¡Por favor, Mariano! No seas pesimista», ripostó su madre. «Conozco a Facundo y a Graciela, esos no hacen hueso viejo», sentenció.

¿Pájaro de mal agüero, visionario o profeta? ¿Qué había sido su padre? No lo sabía, pero acertó, o casi. Era cierto, ella también lo conocía... un poco.

En eso entró el viejo con sendos vasos que puso en la mesita de centro.

—El tuyo tiene azúcar —le especificó a Sofía, quien asintió agradecida. Por primera vez el viejo era cortés con ella. Bebieron el té en silencio.

—Puedes continuar —anunció el viejo.

—Bueno, por un tiempo me mantuve firme en mis convicciones: no bebería en aguas malsanas ni estaría bajo sombras dañinas. ¡Me sentía inocente! Claro, decía mi abuela: «Cada cual hala la brasa para su sardina». Pero no, yo nunca busqué un culpable, y si la culpa era de alguien... ¡mía era! ¡Malsano era el matrimonio y nunca mi mujer! Nos absolví y, condenándolo a él, lo hice mi enemigo. Disfruté la soledad por algún tiempo, acallando los sutiles cantos de sirena que por momentos me inquietaban. Una mañana desperté gimiendo: necesitaba otra respiración junto a la mía, me agobiaba tanto oxígeno para mí solo; y la urgencia de un nuevo nido me hizo olvidar el nido roto y quebrar también la promesa. Decidí volverme a casar pero, ¿con quién? Pensé que para el caso debía conjugar tres razones: me gusta, la quiero y me conviene. No me refiero a «da dote», no. Pudiera ser extremadamente pobre y ser conveniente, o todo lo contrario y no ser lo apropiado. Los dos primeros aspectos ni se discuten ni se razonan; el tercero sí. Conviene si es el complemento. Digamos que a un puzle le falta una sola pieza. Será un bello cuadro cuando aparezca. Tal vez le falte la enigmática sonrisa de la Gioconda, o el fatal ojo de Polifemo. No será la mejor sonrisa la de la Gioconda ni el peor ojo el de Polifemo. Pero no los pueden representar otros. La clave es encontrar la parte exacta, no cualquier llave sino la que abre tu puerta. Y decidí buscar mi pieza, la que faltaba en el rompecabezas de mi vida. Pero... ¿dónde estaba? No tenía la menor idea. No estamos en la edad en que con facilidad se hace pareja. Vamos ya siendo los merodeadores del rebaño, husmeadores de cuevas, los seguidores de rastros que a veces no llevan a ninguna parte. Caminamos en círculos sin apenas saberlo. En este empeño por buscar mi Dulcinea, mi otro yo, o mi yo mismo, tropecé de nuevo con el amor a primera vista. Cuando iba a buscar el pan todos los días me sonreían los ojos de la mujer que me servía. Mis manos a veces rozaban las suyas y el blanco pan como que se enrojecía. El olor a pan caliente es sublime, pero inferior a la mitad ausente. Una noche fuimos al cine, y en la penumbra le robaba un beso —el viejo tosió—. Al salir paseamos por el parque, nos tomamos un helado, y al despedirnos me dijo: «Te quiero». Callé, y porque callé supe que no la quería. Y ambos nos dimos tiempo, y el tiempo nos separó, sin agravios y sin cicatrices. Como no hubo heridas tampoco quedaron marcas. Y así, otra vez, con el lazo al hombro, husmeando el rebaño, la cueva y el rastro, descubrí los círculos y cuándo estaba errado; y como todo cazador solitario, agucé el oído y perfeccioné el olfato. Descubrí en la lejanía cuál era la primera montaña y conocí la nube cuando traía agua, y evité el acoso y me escurrí al zarpazo. Y cuando te vi supe que eras la que eras, la que yo buscaba, mi otro yo, mi yo mismo, lo que me faltaba. Ya hace un año. Entraste con la primavera y con las rosas. Yo cazando. Estaba en mi trabajo y tú pasabas. Coincidíamos tres hombres en el mostrador. Dos eran tus amigos y yo un rostro familiar. Con un pequeño mohín y una sonrisa saludaste: «Adiós a los tres». La sonrisa era para ellos, el mohín lo sentí mío. Créeme, escuché tu voz en mis arterias, y en todo mi cuerpo se regó tu nombre. Y comprendí: es ella. Vislumbré el patio soleado donde jugabas de niña; repasé tu vida y solo áureos visos mi vista alcanzaba. Algo percibí claro: no te conocía. Y decidí conocerte. Veinte años de penas no se borran en un día, y fue muy fuerte el amor primero, tanto como este que ahora aparecía. Y lo dejé decidido: o me casaba contigo, o me convertía en castrati; o eras la que eras o nadie más sería.

—¡Quieto! —interrumpió el viejo una vez más—. Voy a soltar las aguas. Vuelvo enseguida.

Sofía estaba anonadada, bloqueada. Su intuición le decía que esto era en serio. Pero... ¿Ahora?

—Más aliviado —dijo el viejo que llegaba—. Prosigue.

Facundo continuó:

—Entonces fui tu sombra y tu centinela. A veces me ponía una barba y otras una peluca. ¡Y barba y peluca!, ¡cuántas cosas hice por desentrañar tu vida! Cuando corrías en la pista te seguía con mis prismáticos desde la pizarra y te cronometraba. En el mercado estaba a escasos metros tuyos. Sé lo que comes. En el cine veía las películas contigo, dos filas detrás, o desde un palco, y supe cuándo llorabas y también cuándo reías. Cuando ríes apenas mueves los labios, has sufrido; mucho más ríen tus ojos que adivino en la penumbra y a la luz de la pantalla. ¡Te veo hermosa! ¿Pero cómo no serlo? Una mujer es hermosa cuando es amada. En la biblioteca me disfrazaba de viejo, para lo cual ya no tengo que esforzarme mucho, y sacaba los libros que entregabas. Conocí el perfume de tus manos y supe cómo te proyectabas y cómo eras por los libros que leías. ¡Te conozco ya tanto! Tal vez demasiado. En tu trabajo tengo un amigo que hacía de plantón conmigo. Una vez en la peluquería recogí recortes de tu pelo, y me sentía idiota haciendo un haz con ellos. Fui sereno en tu edificio. Cantas en el baño, tu apartamento es muy pequeño, y yo cantaba contigo. Tienes pesadillas cuando duermes y de madrugada lloras y seguro despiertas sin lágrimas. Una tarde te seguí al dentista: «¿Demora mucho el doctor con la paciente?», pregunté a una asistente que salía. «Está extrayendo un cordal, siempre demora».

Facundo extendió su mano izquierda que levemente temblaba.

—Puedes ver tu cordal engastado en mi sortija, que es un regalo de mi abuela, recuerdo de su padre. ¡Tiene años! Tiene más, tiene parte de ti. No estoy loco. Solo te quiero.

Facundo suspiró agotado.

—Te pareceré tonto, pero le tomé el gusto a andar junto a ti, a ser tu atalayero, tu custodio. Descubrí un estúpido amor platónico y me sentí ofendido. Te confieso, ya no pensaba hablarte, me hacía bien solo soñar contigo. A veces creo que soy un perdedor, ¿para qué llevarme la pena de tu negativa? Fue entonces, hace dos meses, que comenzaste a visitar Inmigración y Extranjería. Y sellos, fotos, papeles y un hermano se llevarían parte de la vida mía; y yo con solo un mechón de tu pelo, la sortija y mi fantasía. Nada tenía: cortezas. Te perdía. Por eso no he podido callar y dejé a Platón y su filosofía perruna. Que mi ideal no puede ser solo sueños, porque divagaría. Y lucho por mi causa: pierdo y vivo; y viviré luchando, y perderé tranquilo. Pero jamás me perdonaría la infamia de callar. Tus trámites han llegado a feliz término y estarás en España en pocos días. ¡Volarán mis sueños, volarán mis ansias, volará mi vida! ¿Volarán? No tengo alas para seguirte y los árboles no se trasplantan viejos. Como el paladín de los locos, ya estoy cuerdo. ¿Será mi final?

Facundo calló. El viejo se levantó, fue a la sala y encendió la luz de la terraza. Regresó en silencio.

—Concluyo con esto —apuntó—. Sé que mis posibilidades son remotas, me falta tiempo, gasté en conocerte el que hoy necesito para cortejarte. He apuntado lejos... mi honda es débil y mi brazo más. Me justifico: te quiero. ¿Y si no hago palabras mis sueños? ¿Y si no las hago verbo? ¡No vayas a España para criar sobrinos! ¡Aún tienes fuerza para parir tus hijos! Es el amor el que es fecundo. ¡Cásate conmigo!

V

Sofía enmudeció. El perfume del galán de noche los envolvía. La oscuridad se había adueñado del entorno y permanecían callados.

—Es mucho lo que te pido. Lo comprendo, pero en la misma medida retribuyo. Mi balanza no es mezquina.

El viejo quieto, Sofía tensa.

—Me marcho —anunció Facundo al tiempo que se levantaba—. No te preocupes, no husmearé de nuevo, de todas maneras no tengo tiempo... ni energías. Perdona mis pesquisas. Si quieres verme José te dirá dónde encontrarme.

Titubeó al marcharse y comprendió la interrogante de los brillantes ojos que ya no sonreían sino que estaban velados por una profunda tristeza: «¿Por qué precisamente ahora?»

—Nunca —sentenció Facundo—, vas a cuidar lo que no te cueste. Mientras más alta la cumbre más generoso el premio. Sin renunciación no hay entrega. Un conquistador siempre es un incendiario de puentes. ¡Quema los tuyos! ¡Pásate a mi orilla! Es ahora y no antes. No lo premedité, así vino.

Facundo se levantó para marcharse.

—Perdóneme, José. Era muy importante para mí. Sé que he alterado sus costumbres.

—Entiendo. No te justifiques. ¿Cuándo vuelves? ¡Vuelve!

—Cualquier día.

Se dirigió a la puerta y al salir conectó el teléfono. Traspuesto el umbral lo escuchó sonar. Cerró la puerta tras sí y pasó el tiempo.

VI

Burgos, España. Seis años después...

Eran las 9 de la mañana y Don Francisco recogía los diarios y la correspondencia de su buzón. Había una carta de Sofía. Arrellanado en su butaca encendió la lámpara y se ajustó las gafas. Primero observó el sobre, como siempre hacía. Leyó los matasellos y disfrutó la caligrafía clara y cadenciosa de su hermana. Descubría o imaginaba el perfume de su país. Rasgó con mucho cuidado el largo sobre que de tan lejanas y familiares tierras venía. Decía así:

«Mi muy querido hermano:

»Hace solo media hora te dije: "¡Recibe mil besos! Todo te lo explicaré por carta". No sé cuántos días habrán pasado desde entonces y ahora me estás leyendo, cuando aún conservo la música de tu voz en mis oídos. Así que, como los saludos y las preguntas de rigor ya están cumplidos, pasaré a explicarte las sorpresivas nuevas.

»Pues sí, murió José. Hace hoy exactamente doce meses y casi recién nos hemos enterado; solo un poco antes que tú. Sé que llegaste a quererlo, aunque personalmente nunca lo conociste, por eso te daré los detalles de los acontecimientos finales.

»Dos meses antes de su muerte se veía eufórico, contento. El habitual misántropo que parecía había desaparecido. Intuíamos que el cambio se debía a su viaje a Vizcaya. Un sobrino suyo, mayor también, según decía, le había cursado una invitación con todos los gastos pagados, para darle curso a una vieja herencia, pequeña en sí, que ni valía la pena, pero que no podía sustraerse al deseo de conocer la tierra donde nacieron sus padres.

»Así que hizo todos los trámites que el asunto requería y los hizo solo. No permitió ayuda ni consejo. Nosotros le objetamos su avanzada edad, los achaques que tenía y mucho más, pero se mostró intransigente.

»Unos días antes de marcharse testó, nos lo dijo. Sentados

en la terraza nos comunicó que no pensaba regresar, que ya era muy viejo y le dolían los huesos, también confundía los sueños con la realidad y ya no gustaba de hablar solo. Su única pena, ¡ni pensó en nosotros!, era no sembrar un cedro que tenía para el único claro de su patio, que en España no había cedros. Creímos que "chocheaba".

»No quiso despedirse ni que lo despidieran, y no dejó a nadie al cuidado de la casa. "La dejo bien cerrada", dijo, que los únicos animales que él se permitía tener eran los gorriones y estos podrían valérselas solos. Que no necesitaban sus plantas de nadie, pues mucho antes que los israelíes conocía el riego por goteo, cosa cierta, porque estaban todas enlazadas por mangueras de diferentes diámetros y ponchadas según su conveniencia; y una gran cisterna y un tanque elevado, que trabajaban de manera automática y simultánea, alimentaban la red.

»En fin, una noche anunció su vuelo para la madrugada, que no escribiría: no hacía cartas. Y por último, iracundo, que a nadie tenía que dar cuentas de nada. ¿Qué decirle? ¿Qué hacer? Y no se supo más de él, solo que estaba en Vizcaya. Se llevó su boina vieja y también una bufanda. "¡Qué cosas tienen los viejos!", dijimos, sin saber lo que tramaba.

»Hace ahora un mes, y a los once de su partida, nos llegó una citación de la notaría. Por orden de José Candelario Olabarrieta y Morúa nos sería leído su testamento en la fecha por él señalada. De más está decirte que con diligencia nos presentamos, pensando en el pobre viejo. "¿Ha muerto?", preguntamos al notario. "No lo sé", nos dijo. Y he aquí su relato: "Once meses atrás vino aquí un anciano, muy viejo, y en orden había testado. Trajo también sus testigos, los nombres están registrados (los conocíamos). Que solo le quedaba un mes de vida, según anuncio del médico, que ustedes debían ser citados en esta fecha, y que a mí también me favorecería con algo, pero que de llamarlos antes perdería mis honorarios. Hoy es el día, la hora, y es la fecha. Yo ya cumplí lo pactado. Dejó para entregarles una carta y esta llave".

»Conocíamos la llave: era la de su casa. No esperamos la lectura del testamento, ni aún leímos la carta. En su casa todo en orden. Sí, mucho polvo y telas de araña, las plantas sin podar. ¿El patio? ¡Horror nos daba la entrada! Nuestra primera mirada fue para los árboles: ¡Gracias a Dios que no estaba! Buscamos y solo había montones de hojas secas. Ya nos marchábamos cuando, en el único claro del patio, un pequeño túmulo de tierra negra se perfilaba. Nos acercamos. A su lado, irredenta de tierra y casi cubierta por las hojas estaba la silente sepultura... Temblamos. Allí estaba el viejo, o lo que de él quedaba, a cuatro pies de profundidad. Mientras apartábamos las hojas mi marido lloraba. Primero apareció la boina, más abajo la bufanda, y el sólido esqueleto del viejo, saludado por el meridiano sol.

»No se quitó la vida, hubiera sido indigno de él. Todo lo explicaron la carta y el testamento. Ahora el esqueleto está en la vitrina de un aula, tiene puesto la gorra y también la bufanda, y los estudiantes le dicen el Profe y lo quieren, y a veces hasta visitan mi casa que ya ahora tiene nombre: "la Casa del Viejo". También han venido los ecologistas y están filmando un programa.

»En esta te adjunto copia de los textos. Léelos ahora. Te explicarán ellos mejor que yo; además, son sus palabras. Continuamos luego».

Buscó primero la carta. Se descubría el trazo inseguro de un anciano. Decía así:

«Amados hijos:

»Ni me he desperdiciado ni he apestado iglesia, y algo he logrado. Es mi último tributo a la tierra que siempre me ha alimentado. ¡Qué privilegio retribuirle! He abonado. Me sentía débil y conocía que el fin estaba próximo. Con mis escasas fuerzas, y en varios días, cavé mi fosa al fresco de la mañana. No podía cerrarla y no hacía falta. Empieza la primavera. Fingí un viaje, ¡pero es verdad!, he viajado.

»Para esta fecha en que por última vez llego hasta ustedes, ya estará fertilizada la tierra donde el cedro enraizará. Todo lo que poseo queda en sus manos. Disfrútenlo, es poco, pero siempre más que nada. Mis secos huesos están donados. Que se los lleven.

»Soy malo en las despedidas. Ámense. José.

»Nota: Cuando se ponga el sol de mi último día me acostaré en el cercano lecho. ¡Toda mi casa es cama! ¿Recuerdan? Y esperaré contemplando al cielo, con calma. A los 87 años, si se conserva la lucidez y se conoce algo de anatomía, se puede pronosticar la hora. Hace días ya vengo sintiendo el cansancio denso, dulce y tranquilo del último sueño, y algo he alargado el asunto. ¡Lástima que no pueda evitarlo! ¡Es tan hermosa la vida! A Dios me encomiendo».

Don Francisco permaneció reflexivo unos momentos. Algo lívido, pasó al testamento hológrafo.

«Yo, José Candelario Olabarrieta y Morúa, en pleno uso de mis facultades mentales y ante el notario y testigos, declaro herederos universales al matrimonio conformado por Facundo Rodríguez León y María Sofía González García. Matrimonio que se gestó en mi casa, de ellos ahora. Mi esqueleto será donado a la cátedra de medicina de la universidad de esta ciudad. Y para constancia firmo».

Junto con las generalidades: lugar y fecha, aparecían la firma del viejo, la del notario y la de los testigos. Debajo decía:

«Apéndice primero y único: En nota aparte están especificados los honorarios del notario en conformidad con lo pactado y por escrito. Dicha nota en poder de él, con mi firma y la de los testigos, y en esta misma fecha. De mi puño y letra. No hay más disposiciones».

Le seguían de nuevo todos los nombres y firmas.

—¡Increíble! —murmuró Don Francisco, retomando la carta de su hermana.

«¿Qué te parece, hermano mío? ¿Qué decirte?

»El notario nos contó que el viejo redactó su testamento

él solo, y que a una sola observación suya amenazó con irse a otra notaría.

»Los tres sembramos el cedro. "Se llamará el Viejo, dijo mi marido. De cabecera, y al pie de la sepultura, estaba la joven planta en un catauro de yagua y sobre un pedestal de piedras calizas (supongo que para que no se pudriera), regado por el mañoso sistema. Lo aprisionamos al suelo con el catauro, rellenando con blanda y húmeda tierra revuelta con hojas, como nos enseñó él, para que se nutriera. Colmamos a palas llenas la hoya fúnebre y de vida plena. No le pusimos flores, florecería el árbol.

»Es hora de terminar, pero aún tengo algo pendiente: en la última carta discretamente te culpas de nuestro dilatado encuentro. Hermano mío, hace seis años, cuando me pediste que postergara el viaje por dos meses, intuí que era el tiempo que necesitaba Facundo, y créeme: lo aprovechó. No te pese, no te recrimines: lo deseaba. Ha sido en bien para todos.

»Facundo no está ahora en casa pero está bien, recibe sus saludos. Carlos empieza su primer año en la escuela. ¿Recuerdas cuánto te preocupaste porque pariría vieja? Así es la vida... hermosa, como dijera el viejo. ¡Planas necesitaría para platicarte de tu sobrino! En otra ocasión será.

»Recibe un fuerte abrazo y todo nuestro cariño.

»Facundo, Sofía y Carlos».

Enero de 2000

SIEMPRE ME AVISAN LOS PERROS

I

Rogelio ha muerto, y los muertos no hablan si no se les pone voz. Ese ha sido mi trabajo: rescatar de la tierra del silencio los sonidos que allá no caben, necesarios aquí para paliar la vida.

Era yo un novel criador de cerdos, y tratando con él sobre la dieta de estos animales quiso demostrarme que «los cerdos comen de todo».

«Escucha», me dijo. Y escuché, porque cuando agarraba el hilo de engarzar palabras no lo soltaba hasta que concluía, y créame: valía la pena.

Este es su relato.

II

Siendo un adolescente viví en esta geografía y conocí los personajes de los que te voy a hablar. Mi padre y yo vendíamos ropa desde General Carrillo hasta las Vueltas, a lomo de caballo y nunca en la primavera, cuando eran prácticamente intransitables los caminos. En aquel entonces estaba nuestra casa a orillas del Caunao, y en tiempos de crecida los caminantes hacían estancia con nosotros por ser peligroso el paso del río.

En una de esas noches, bajo un copioso aguacero que el guano de palma escurría meón, ahíta de jugos, la tierra vertía desagradecida las celestes aguas en la cercana barranca. Nosotros, asustados por el trueno y la riada, y con un remedio para cada dolencia, sabíamos que las palabras espantan el miedo.

Como medicina los hombres comenzaron a hablar, salida la voz no del corazón sino de las tripas, bien de allá abajo, de donde son más serias las historias. Conversaban a la temblona luz de los faroles mientras las mujeres, nerviosas, torcían tabacos y repartían café, según fue costumbre en mi familia.

Yo escuchaba agradecido de poder estar allí, con mi tabaquito de muchacho que no competía con las olorosas y mascadas brevas de mis mayores. Plática de vigilia fue «el caso de los corrales». Es fidedigno: yo era de la zona.

III

Antes de adentrarse en las sabanas de Pedro Barba se desandaban pequeñas lomas y solo una grande, la última, la Loma del Tango. Un camino rocoso e irregular conduce a la cima y después de discreta meseta desciende hasta adentrarse en la rocallosa pradera.

La he transitado mucho, cuesta arriba y cuesta abajo, a pie y a caballo, de día y de noche, en la sequía y en la primavera, a veces con hambre pero nunca con sed, porque de toda su rugosa joroba manan hilillos de agua cristalina y fría. Tantos son que se puede ir abrevando de trecho en trecho hasta la cumbre, y de esta a la sabana. Ya en la cúspide la vista se emancipa y se tira a fondo, lejos, chocando en lontananza con la línea suave del horizonte que asemeja el filo de un serrote salido de abajo, como de trozar la tierra.

En lo alto Casimiro Palacios reía. Su carcajada limpia y forzada era la señal esperada por los perros. Estos, azuzados por el mágico clarín, corrían como bólidos para alcanzar cuanto antes el hogar donde el fresco arroyo los esperaba, y aguardar vigilantes al amo que pronto aparecería.

Casimiro miraba complaciente a los perros hasta que los perdía de vista; más allá se vislumbraba su casa, tan pequeña parecía que le hubiera cabido en el puño. El ojo patriarcal se apartaba despacio del terruño amado y comenzaba el descenso, firmes sus manos en las riendas que refrenaban al musculoso animal, a quien traía nervioso el quitrín del que tiraba y que ahora se le venía encima, hasta que al fin caballo y postillón se adentraban en la rala sabana de espartillo. Minutos después abandonaba el camino real y seguía una vereda a la derecha hasta detenerse, definitivamente, bajo la sombra de un regio algarrobo. Estaba en el patio de su casa.

Mientras bajaba algunos enceres vio a su mujer que corría hacia él.

—¿Cómo te fue? —le dijo en el abrazo.

—Como siempre: bien.

Ella alzó su rostro y le ofreció los labios que él besó, enamorado.

—¿Está el café?

—¿Y cuándo no? Al llegar los perros lo subo al fogón.

Entraron en la casa, por la cocina, y él esperó sentado en el comedor que ella llegara con la estimulante bebida.

IV

Casimiro era propietario de una pequeña finca de media caballería de tierras de secano. Lomaje árido. Normalmente dos tercios de sus cosechas se perdían. Y es que fallando los cálculos de las «Cabañuelas» no llovía según lo previsto y cuando más falta hacía. Pero así habían vivido sus abuelos y sus padres, y así vivía y viviría él, igual que sus antepasados, canarios de La Palma que le dejaron esta herencia y la seguridad del tercio. Si las Cabañuelas erraban con este se remediaban algo, y en la misma medida que aquellos, gente laboriosa y honesta, él tenía que buscar otras fuentes de ingreso.

Por eso trabajaba en el matadero, y por lo mismo se dedicaba a la cría de cerdos a los que alimentaba con los desperdicios de la matanza que diariamente traía en su quitrín.

Fue una tarde, cuando regresaba del trabajo, que tropezó con aquel estuche a la vera del camino. «¿Qué contendrá?»

Al abrir la pequeña caja se encontró con un instrumento que solo conocía por referencias. «¡Ja! Unos anteojos. ¿De quién serían?»

Pensó en las cuadrillas que horadaban la sabana buscando hierro. «Por suerte no encontraron, y ya se están marchando. Alguno de los obreros debe haberlos perdido».

No le rindió el camino acercando imágenes al rostro. Pero al llegar a la Loma del Tango hubo de atender las riendas y la carga que traía: sacos con osamentas, recortes de pieles, cabezas, piltrafa... El verdadero matadero parecía estar en sus corrales. ¡Qué de huesos! Y aun así no bastaban para rellenar las furnias que los mineralogistas nunca cegaron.

Después de revisar las amarras comenzó el fatigoso ascenso. Ayudando a gritos de «¡caballo!» al esforzado bruto que repechaba con la empinada cuesta, paso a paso vencieron la escalada. Ya en la cúspide la risa alertó a los perros y, mientras concedía escasos minutos al sudoroso animal, observó detenidamente el familiar paisaje.

El montaraz gobelino aparecía majestuoso. Divisó el arroyo, el pozo, la casa, y en el amarradero descubrió la yegua mora de Macho Aquino: mansa, pasera.

Macho era su mejor amigo; se divertiría contándole cómo vio al animal espantándose las moscas con el rabo y se reiría con aquella su risa franca de hombre bueno. Y ¡cómo no!, lo pondría a mirar para que viera claro y cerca lo que ahora estaba borroso y lejano. Sí, el pobre Macho, todo de oro, solo tiene una falta: cuando bebe lo hace a matarse.

En estas meditaciones estaba cuando lo vio salir del rancho del maíz. «¿Qué raro?», pensó, «si está vacío». Detrás de él, Carmita. «¿Qué hacen estos dos en el rancho?», arguyó sin malicia.

Su mujer y Macho se movían por la arboleda del batey, sigilosos y ocultos a todas las miradas posibles, pero no escondidos del cielo, y en el cielo, precisamente, estaba Casimiro Palacios. Ellos, confiados, se besaban con vehemencia, como si no hubieran sido beneficiados con la paz del espurio tálamo; encendidos, no por la tranquila llama del matrimonio, sino por el abrasador fuego del adulterio.

En eso llegaron los perros y los dos se separaron calmadamente, quedando enlazadas las manos. Él le dijo algo que provocó su risa y ella descolgó la cabeza hacia atrás, proyectando su hilaridad al cielo y el perfil a Casimiro. Se besaron otra vez. Macho montó en su yegua mora y se fue al marchado cómodo de su cabalgadura; ella se adentró en la casa.

A Casimiro Palacios le costó mucho esta vez llegar al algarrobo.

—¡Cómo! Pero... ¿Y esa cara, hombre?

Demoró la respuesta.

—Hoy trabajamos ganado cimarrón —se justificó—. ¿Me esperabas?

—Siempre me avisan los perros. Ya está el café. Ven.

Lo enlazó por la cintura y lo arrastró a la casa. Sentados en el comedor le anunció:

—Estuvo Macho por aquí.

—¿Quería algo?

—Anda buscando un cochinato.

—¿Lo llevó?

—¿Sin tu permiso? ¡Ni loca!

—Es mi amigo.

—Ni aun así.

Él, levantándose, dijo:

—Me voy a los puercos.

—¿Y ese apuro?

—Quiero acabar temprano, estoy cansado —suspiró.

—Estarás enfermo. Tú, nunca te cansas.

—Eso creía.

—¿Te hizo daño la cimarronera? —manifestó burlona.

—No precisamente —contestó con desgano—. Solo que... ¡cosa rara! Me embistió un toro manso.

—¿Te lastimó?

—Donde no se ve.

—Déjame ver.

—Luego.

—¡No seas bruto! Estás pálido, el sudor te hace charcos en los codos. Si no fuera porque te conozco casi diría que estás llorando. ¿Qué te ha pasado? ¡Dime! ¿Dónde te hirió?

—Donde no se ve. Por favor, déjame tranquilo —contestó, hermético e impertérrito.

Carmita enmudeció. ¿Premonición?

V

El corral mayor era de rajas de jiquí, sombreado por «bien vestidos» que reforzaban la empalizada. El verde techo, musical cuando el viento pulsaba sus hojas o cuando el sinsonte trinaba en sus ramas, protegía de la violencia del sol y de la lluvia a la piara que procreaba dentro. Una gran canoa de caoba, labrada a hacha y azuela, servía de receptáculo para el agua que Casimiro traía con los bueyes. Ocho puercas madres y un viejo verraco colmilludo eran el pie de cría con que contaba el porquero; aledañas las demás edificaciones.

En el criadero se comía primero. Volaban por los aires trozos de piel, vísceras, cabezas de ganado menor y mondos huesos. Los voraces animales daban cuenta de todo, las poderosas mandíbulas quebraban los huesos como frágiles cañas, buscando el tuétano que ya conocían y que engullían con alegres gruñidos. Después cochinatos y lechones recibían su parte, más delicada y asequible a su insipiente dentadura. Finalmente los puercos de ceba: solo maíz y palmiche. Esta sería su dieta en los tres meses anteriores al sacrificio, así perderían el sabor a sebo con el que se habían alimentado por todo un año y rendirían carnes y grasa de primera calidad.

El rancho de la madrugada era igual para todos, consistía, según la cosecha en tiempo, de calabazas, yucas y boniatos. Para cuando la sequía escondía de la tierra el fruto, Casimiro disponía de una parcela de caña, suficiente para los cerdos, las dos vacas de leche, la yunta de bueyes y el caballo.

Habían transcurrido diez días desde aquella fatídica tarde en que se encontró con los prismáticos. Los escondió ¡hasta de sus propios ojos! Como si ellos mismos fueran culpables, o porque tal vez ya había visto demasiado. Su mujer hablaba de llevarlo al médico. «Estás enfermo», le decía.

Macho Aquino trabajaba en el lindero. Colindaban sus propiedades.

—Buenas cercas, buenos vecinos. ¿No es así, Macho?

—Desmóntate, Casimiro. ¿Qué haces por acá? —dijo tendiéndole la diestra.

—Vengo a resolver un asunto —dijo avanzando hacia él—. ¿Todavía necesitas el cochino?

—Más que antes.

—Ya lo aparté. Lo pudiste haber llevado el otro día, cuando estuviste en la casa. Al fin y al cabo tú conoces, tanto como yo, de puercos y de precios.

—No sin tu consentimiento.

—Somos amigos, hay confianza.

—Sí, pero el respeto es el respeto. Cada cual con lo suyo.

—¿Cada cual con lo suyo? —dijo, al tiempo que volvía al caballo que pacía cerca.

Regresó con una botella. Macho lo miró, sorprendido.

—¿Bacardí? ¿Qué se celebra? Tú nunca bebes.

—Hay muchas cosas que nunca he hecho, pero hoy tengo ganas de un par de tragos y ¿con quién mejor que contigo? Quítale el bozal.

Macho Aquino saco el cuchillo y con pericia desguarneció

la botella, dejando libre el camino hacia el ríspido líquido.

—Tú primero —cedió el trago de cortesía, precavido, sin enfundar el facón que distraído miraba a tierra.

Casimiro bebió discretamente.

—Dale tú.

—Claro que le doy —dicho lo cual escanció un largo trago; chasqueó la lengua, tosió.

—Fuerte.

—Está bueno.

Solapadamente, la utópica felicidad del alcohol hizo presa del invitado, quien en cada trago sepultaba partes de su intelecto y prudencia, llegando en corto tiempo a un todo—nulo lastimosamente dependiente.

Pasaron dos horas y ya caía la tarde cuando Casimiro propuso:

—El último y nos vamos.

—El último es cuando nos «muéramos» —silabeó Macho Aquino, haciendo por tenerse en pie al levantarse y logrando el equilibrio agarrado el hombro de Casimiro.

Se había perdido un hombre. Escurrió la botella con báquica avidez, observando, estúpido, el recipiente vacío que lanzó con desgano a sus espaldas. Casimiro fue a recogerlo.

—Atiende, Macho. ¿Ves allá el corralón de cría?

—Lo veo, doble. Pero más que verlo... ¿Qué tienen esos malditos puercos que están chillando como alma que se lleva el diablo?

—A esos benditos puercos no les pasa nada. Escucha. Ahí dentro tienes el cochinato que me encargaste. Está mancornado a una canga, para que no pases trabajo. Cruza sobre la talanquera que la puerta está condenada. En el fondo pasas por el portillo y lo llevas de cabestro.

—¿Cabestrea?

—Cabestrea —confirmó—. Sigues para mi casa y espérame allá. Voy a apartar los terneros —aclaró—, comes con nosotros y después nos vamos en el quitrín. Estás borracho.

—No más que otras veces, ni menos tampoco. Sí, te esperaré, ni es la primera ni será la última vez que me lleves —sentenció con dipsómana petulancia.

Se dirigió al corral que estaba distante unos cincuenta metros, y a poco volvió la cabeza y gritó:

—¡Mándame los perros por delante! —y retomó su camino, divertido.

Casimiro sacó los prismáticos que traía guardados en la montura, y enfocó la cerca que ya Macho Aquino había comenzado a escalar. Este, parado en el último travesaño, se sostenía sujetándose al árbol que hacía de poste. Saltó adelante.

Durante diez minutos Casimiro Palacios se asemejó a una estatua, fundidos los prismáticos al rostro como si los dos fueran uno solo, inconmutable, pétreo como la loma desde donde por primera vez los viera.

—Bueno —rezongó—, al fin y al cabo no todo lo que me acercan es malo. ¡Pobres animales! Ocho días sin comer, y ahora hartarse de carroña.

VI

—Así son los cerdos —dijo mi amigo Rogelio—. Se lo comen todo, ¡hasta la gente!

Sin poder salir de mi asombro pregunté:

—¿Fue a la cárcel Casimiro por este crimen?

—¡Qué cárcel ni qué crimen! —protestó—. El otro tomaba a perder la cabeza y se metió en el corral borracho. Y los puercos, acostumbrados a los desperdicios que se les tiraba por encima de la cerca, se lo comieron. No sucedió nada más que eso. ¿Quién sabía sino solo él lo que había fraguado?

—¿Cuándo se conoció el incidente?

—Al día siguiente se encontró la nada que quedaba de él: el cuchillo, y la botella vacía...

—¿Y la mujer?

—La perdonó. Solo lo culpó a él.

—Ella… ¿nunca lo supo?

—Sí. Un tiempo después, viniendo juntos del pueblo, le enseñó por primera vez los prismáticos cuando estaban en la meseta de la Loma del Tango, y azuzó a los perros con carcajadas de espanto. Estos, veloces, desaparecieron cuesta abajo. «Mira rumbo a la casa», le dijo. «Vas a ver cómo se acerca todo, y verás de aquí a poco como llegan los perros». Ella contempló azorada. Los perros, otrora mensajeros veloces del que inocente venía y atalayas precisos de los entapujados, podían verse jadeantes, tumbados en la charca lamiendo el agua. Comprendió.

VII

El algarrobo, la casa, el comedor, todo igual. La pareja sentada, compartiendo café y silencio, silencio desde el descenso de la loma de las aguas, la de los ombligos que bullen. ¡Tanto silencio para ellos solos!

Casimiro comentó:

—Los encontré en el camino hace ya tres meses, a la salida del pueblo, el día en que el toro manso me embistió. Por ello le di con la puntilla y le saqué los «güevos»; porque desde el tiempo de mis abuelos al toro que faja se le hace tasajo. Son tuyos, te los regalo.

Y los colgó en la cornamenta de venado que hacía de sombrerero y que estaba clavada a la pared de tablas, en el comedor, justo sobre el taburete donde acostumbraba a recostarse. Y allí deben estar todavía, porque según mi amigo Rogelio ni ella ni él, jamás, volvieron a tocarlos.

Junio del 2001

PERDIDOS

Salir de Bacu fue el sueño y la pesadilla de millares de personas que chocaron con la obcecación de un estado totalitario y despótico, que tenía por enemigos a todos los que de una forma u otra no se avenían a sus postulados.

Había caído la sangrienta tiranía del General y dado paso a un gobierno que triunfó con las armas. Este, después que aprendió a usarlas, no se separó de ellas jamás, accionando sin vacilar el gatillo de guerra en tiempo de paz, movido por un odio visceral contra todo lo que se llamara orden, progreso, dignidad o religión.

Tiene el totalitarismo por norma castigar no solo a los que lo enfrentan sino también a los que no lo adulan. No tiene adeptos sino lacayos. Tampoco soporta a los hombres libres, los que escapaban de Bacu por todos los senderos trillados de las fugas que la desesperación y el pánico encontraban. No había posibilidad de rebelión. Los pocos que protestaron perecieron bajo el implacable plomo del paredón de fusilamiento o purgaron largas condenas en sórdidas ergástulas.

Yo era de muy corta edad cuando triunfó el totalitarismo

y caímos en la dictadura del proletariado. Algún tiempo después aprendí en la escuela a llenar las planillas que los maestros nos ponían en los pupitres. Recuerdo las preguntas y mis respuestas de niño cándido y pundonoroso:

–¿Ha sido afectada su familia por alguna de las leyes de la «Revolución»?

–Sí.

–¿Tiene familiares en el extranjero y mantiene contacto con ellos?

–Sí.

–¿Profesa alguna religión?

–Sí.

Desde muy pequeño mis compañeros de aula y yo compartíamos un saludo en clave: un encogimiento reiterado del dedo índice que asemejaba el arrastre de una lombriz. Así nos identificábamos. Éramos «gusanos». Años después leería en las Sagradas Escrituras: *«Mas yo soy gusano, y no hombre»*. El Señor Jesucristo se consideró en su humillación un gusano, sin armas de defensa, sin agresividad, permisivo, esperando el momento en que ya crisálida pudiera desplegar las alas verdes de la libertad.

Han pasado cuarenta y cinco años desde 1959 y estoy en el aeropuerto de la capital de Bacu. ¡Me parece mentira! ¡La pesadilla trocada en sueño! Salir de Bacu no ha sido fácil, ya casi soy un viejo, un gusano viejo. Voy de visita a un país vecino y regresaré a Bacu. ¿De qué le sirve al león envejecido en cautiverio volver a las praderas? Me siento torpe y pequeño. Nunca antes me había visto como ahora: más gusano, más indefenso, más inservible.

Los días en tan bello país y entre amigos halagüeños no transforman mi condición de castrati. Regresaré triste, muy triste a Bacu. Ya casi creo que el mundo solo es mi pozo pequeño. ¡Oh! Dios mío, ¿qué han hecho del alma de aquel niño que en su candidez y decoro contestaba cuestionarios?

Todo pudo terminar aquí, y a veces he deseado que así fuera. Pero no. Este es el principio de una historia que en realidad comienza, no sé por qué, en la tierra donde el fantasma de Trujillo no encuentra reposo, porque allí las calles llevan los nombres de sus matadores.

No acostumbro a beber. Bebí mucho en mi juventud y me dañó para toda la vida; pero cuando abordé el avión que me sacó de Bacu iba casi ebrio. Le tenía pánico a los aviones, y para adormecer ese miedo me había bebido medio litro de ron. El ron de Bacu es bueno, pero me traía malos recuerdos.

Cuando era un adolescente de diecinueve años e iba de regreso a mi casa en la madrugada, completamente borracho, alguien dijo que vi lo que en realidad no vi, y fui a dar con mis huesos a la cárcel. Allí estuve treinta días en una celda, y aunque salí libre por el delito del cual se me acusaba, quedé prisionero, para toda la vida, de ese terror mórbido que se llama claustrofobia.

Aún no había cumplido los veinte años y nuevamente volvía al presidio. En Bacu no se podía dejar el trabajo y eso hice yo: dejé de trabajar para el gobierno. Por este delito me juzgó un juez de mi misma edad sin abogado defensor ni jurado, sin público presente, solos los dos en un cuarto. Él sentado detrás de un buró y yo en una silla. Y me dio seis meses de cárcel en un correccional. A ese cuartico fue a buscarme un carro policial que me llevó de nuevo al infierno por siete días: los calabozos de la cárcel municipal. De allí fuimos transferidos al lugar en donde purgaría «mis crímenes», un centro penitenciario en el que éramos cientos los hombres vestidos con el uniforme azul de los presos comunes.

Ahí no había rejas ni calabozos sino barracas, exceso de trabajo y hambre. El rigor era mínimo. Los que han «servido» en las «granjas abiertas» saben que el sistema penitenciario en ellas era más humano. Al menos era así en Bacu por el año 1970.

Ahora que voy de regreso me tomo otro medio litro de ron. El ron de aquí es bueno también. Y aunque hoy detesto el ron, me sigue dando espanto el tubo metálico donde me voy a encerrar. Han pasado muchos años y el miedo sigue ahí. Me han tratado sicólogos y psiquiatras, pero el miedo no se va, desafiando a la ciencia y a las buenas intenciones.

Han concluido unas felices vacaciones en la República Dominicana. Todo un mes. Regreso con la nostalgia del recuerdo encajada en mis riñones, y este pánico que me corroe y que enfrento con la embriaguez. Dentro de unos minutos abordaré el avión que me llevará de vuelta a casa.

Lo imprevisible es lo imprevisible. Nuestro vuelo fue cancelado y la aerolínea comenzó a colocarnos en otros donde hubiera asientos vacíos y, sin saber cómo, fui a dar a aquella gigantesca nave. Aunque la cabina de pasajeros estaba relativamente vacía se sentía un ambiente pesado. Escuché mugir una vaca, relinchar un caballo, y ladrar un perro. «Debo estar bien borracho», pensé. Vi a un hombre esposado que era acompañado por dos alguaciles y sentí correr un frío por toda mi espalda.

Ya en el aire me volteé hacia el hombre de unos cuarenta años que viajaba a mi lado y le pregunté algo desorientado:

—Amigo, ¿sabe el tiempo que demora el vuelo?

—No, señor. Ni siquiera sé la hora a la que llegaremos a Bolivia.

—¿Para dónde dijo? ¿Para dónde es que vamos? —pregunté abriendo los ojos.

—Para Bolivia.

No puedo describir lo que pasó por mi mente pero grité alarmado:

—¡Aeromoza! ¡Yo voy para Bacu!

Un hombre nervioso en un avión pone nervioso a un avión entero.

—Cálmese, señor —dijo la asistente de vuelo después de revisar mis documentos—. Por alguna razón usted ha tomado el destino equivocado. Su problema se aclarará cuando lleguemos a Bolivia. Permanezca tranquilo en su asiento.

No lo podía creer. «Líbrame del mal, Señor». Y el mal venía.

—No se apoque, amigo. Yo soy cristiano y pastor. Atiendo misiones en Bolivia y, casualmente, también soy de Bacu. ¡Ánimo! Pero dígame… usted profesa una fe que predica la temperancia y noto que ha bebido más de lo prudente.

—Verá —confesé avergonzado—. Le temo a los espacios cerrados y el alcohol me calma un poco. Hablar me hace bien. ¿Le molesta que converse?

—¡En modo alguno, paisano! —dijo palmeándome el hombro—. Platique usted.

Y me sentí tranquilo junto a aquel hombre que infundía ánimo y calma. Hay hombres que tienen de Dios. Y este tenía. Trataré de rescatar de mis notas y mi memoria el provechoso tiempo vivido junto al pastor Cipriano Vargas, y la grey con la que por la gracia de Dios hubimos de apacentarnos juntos en aquellos días aciagos.

Hacíamos un vuelo nocturno y un estrellado cielo de diciembre se podía disfrutar desde la ventanilla. Por algún tiempo nos siguió una límpida media luna y por instantes vi en el horizonte las intermitentes luces de una nave que hacía un vuelo contrario al nuestro. Me sentí nostálgico. Mi compañero de viaje dormía y yo me dormí también.

Desperté al sonido de los disparos. Las explosiones eran mucho más fuertes que las del rifle calibre 22 con el que practicaba el tiro en Bacu cuando era muchacho. Mi compañero de viaje me empujó hacia abajo al tiempo que decía: «¡Tírate al piso!» Obedecí sin entender lo que pasaba. Por sobre nuestras cabezas se podía sentir un fuego cruzado que iba acompañado de gritos, maldiciones y quejidos.

Descendíamos vertiginosamente hasta que un brusco giro nos devolvió a una trayectoria horizontal. Parecía como si miles de martillos golpearan en la panza del avión. Creí que nos ametrallaban desde abajo. En Bacu siempre se hablaba de guerra. «Estamos en guerra», me dije. «Pero ¿con quién?»

Ignoro el tiempo que estuve inconsciente. Volví en mí

cuando alguien, en la más densa oscuridad, trataba de alzarme por los brazos.

—¿Qué es lo que pasa? —pregunté todavía aturdido.

—¡Gracias a Dios que estás vivo! Nos hemos estrellado —me respondió la voz de mi compañero de viaje—. No podemos hacer mucho sino esperar hasta que amanezca y eso será pronto.

Me preocupó el silencio y volví a escuchar, entre varios quejidos, el mugido de la vaca. La sensación de pánico se apoderó de mí y el sentirme atrapado me enloqueció. Busqué y vislumbré un hueco de cielo por donde vi las estrellas y hacía allí me encaminé como pude.

—¡Espérate! Espera a que haya más luz —me advirtió Cipriano.

Seguí decidido hacia el hueco salvador y cuando llegué a este sentí alivio. La brisa de la madrugada me daba en el rostro y ante mí estaba el espacio abierto. Pude ver que faltaba parte del fuselaje del lado derecho del avión.

—¡Ven hacía acá! —le grité a Cipriano—. ¡Vamos!

Unos instantes después estaba a mi lado. Ya la oscuridad no era absoluta y empezaba a aclarar. Nos revisamos palpándonos. Al parecer estábamos ilesos. Alguien gritaba pidiendo socorro. La vida volvía al colapsado avión, la vida en medio de la muerte. Entonces recité en mi mente el Padrenuestro a la vez que escuchaba por un corto tiempo la letanía del Rosario enunciado por una voz femenina.

El enorme avión había ejecutado un aterrizaje de emergencia a gran velocidad, aplanando y arrasando cuanto encontraba a su paso y perdiendo alas, cola y parte del fuselaje hasta detenerse sobre el borde de un profundo acantilado.

Podíamos ver y sentir que comenzábamos a inclinarnos hacia el vacío cuando se quebró de súbito la maltrecha estructura. Todo el interior se sacudió como si hubiera habido un terremoto mientras el tercio anterior de la aeronave se despeñaba aparatosamente, arrastrando consigo las almas y cuerpos de los infortunados.

Lo que quedaba tenía ahora forma de atún al que le hubieran cercenado la cabeza y la cola, dejando solo la parte central. Y bien adentro de esa duela pendular que todavía subsistía, resistiéndose a ser tragada también por el abismo, estábamos nosotros: un pequeño grupo entre vivos y muertos.

Con los primeros claros del día comenzamos a emerger de los restos. Cipriano y yo, que respondo al nombre de Filomeno, comenzamos a revisar y rebuscar entre los pasajeros a aquellos que aún permanecían con vida. De nuestro piso a tierra había quedado un segmento del fuselaje en forma de rampa por el que descendimos del aparato.

Empezamos el rescate por el extremo que se abría al precipicio. Los primeros en ser socorridos fueron un matrimonio que presentaba cortaduras, desgarros y contusiones pero nada de gravedad según se pudo comprobar después. Él era un especialista en ortopedia y ella una enfermera. Antonio y Laura, dominicanos. Les siguió un israelita de incipiente barba llamado Isaac. Un sacerdote católico español, Ramón, estaba entre los siniestrados y fue rescatado sin dificultad. Después una mujer de 50 años, Leonora, con su hijo Camilo de 25, puertorriqueños. El millonario Manmón, argentino. Libertad, una cantante andaluza de flamenco de 35 años. Una monja costarricense de 25 años y de nombre Rosario. Le llegó el turno al ateo Voltaire, chileno, de contextura raquítica y de unos 40 años de edad y, por último, en bastante mal estado, la anciana Consuelo, dominicana.

Nos conmovió mucho el rescate de una adolescente de 14 años, Alma Virgen, gallega, a quien hubo que separar de su padre muerto.

Intacto encontramos al prisionero, un hombre mayor y todavía fuerte, pero sus custodios habían muerto. Uno de ellos se había pegado un tiro sintiéndose destrozado. Buscando entre sus ropas encontré las llaves que encadenaban al preso y, no sabiendo su causa, se le liberó del siniestro pero no de las cadenas. Cipriano y yo nos guardamos las armas que portaban y que consistían en dos poderosos revólveres Mágnum.

Descendió sin ayuda de la destrozada nave un hombre de unos treinta años de quien no supimos el nombre, y que fue uno de los que participó en el tiroteo. Y, por último, casi en el extremo opuesto, un anciano negro que caminaba con cierta dificultad, nombrado Ángel Moreno y dominicano.

Por todas éramos diecisiete personas. Eso creíamos. Dos horas después escuchamos, mientras algunos tomábamos las identificaciones posibles de los cadáveres, el llanto de un bebé de unos tres meses. No pudimos saber quiénes eran sus padres o con quién viajaba. Fue el infortunado número dieciocho.

La vegetación no era muy densa en el lugar del siniestro. Se alzaba, distante unos veinte metros, una majestuosa caoba bajo la cual nos refugiamos. El doctor Ramón y su esposa Laura auxiliaban como podían a los heridos. Eran ya cerca de las 9 de la mañana.

Creíamos estar en algún lugar de la Amazonía, y no sabiendo cuándo ni cómo sería el rescate, los que pudimos nos esforzamos en salvar de los restos del avión y de nuestro equipaje todo lo que pudiera sernos útil: agua potable y alimentos, medicinas y algo de ropa.

Para nuestra sorpresa, en el departamento de carga de la nave, encontramos tres animales que se unirían a nuestra compañía: una perra dobermann, una vaca Jersey que al parecer estaba preñada, y un bello caballo tordo de raza andaluz. Estos animales, identificados así por Manmón que era un apasionado de este reino, viajaban sedados y comenzaban a dar señales de nerviosismo cuando no sin dificultad logramos sacarlos. Entre los muertos estaba un rejoneador, por identificación de la cantaora, y de quien fuera el bello bruto. Rescatamos también algunas herramientas y utensilios variados, así como un rifle calibre 22 con cinco cajas de bala de a 100 proyectiles cada una.

Pasamos el día despojando a la aeronave de sus últimos

útiles. El desconocido pistolero, a pesar de ser joven y fornido, no se preocupó por ayudar en nada.

Desde el principio el líder natural del grupo fue Cipriano, y yo oficiaba como su lugarteniente. Cuando Cipriano supo que el hombre encadenado era un kurdo y un prisionero importante de Turquía, le quitó las cadenas inmediatamente y me dijo: «Este es un militante del ejército del Kurdistán, patriotas que han sufrido y sufren mucho, pues que sea libre aquí». Este se mantuvo en calma todo el tiempo. Solo nos dio las gracias y se palpó buscando los cigarrillos que ya no tenía.

El intercambio de disparos había ocurrido entre algunos de los miembros de la tripulación y un grupo de hombres que trataron de apoderarse del avión en vuelo, y que parecían haber querido desviarlo de su ruta. El asunto nada tenía que ver con Mozaffar, que era como se llamaba el kurdo, pues este estaba tan al margen del caso como nosotros. Los asaltantes habían penetrado la cabina de mando y perecieron en el accidente. Solo quedaba con vida el pistolero que se mantenía indiferente y sin comunicación en medio de nuestro grupo. Sabíamos que estaba armado y dejamos su situación a cargo de quienes suponíamos vendrían en nuestro rescate.

Para cuando llegó la noche hicimos una gran fogata y nos turnamos para alimentar el fuego. Acurrucados como podíamos, cada cual hizo su oración de acuerdo a la fe en la cual había sido instruido. Los cristianos católicos y los protestantes oramos juntos. El judío hizo sus oraciones solo; igualmente el suní. El pistolero y el ateo no mostraron interés religioso alguno. El médico y su esposa cuidaban a la anciana Consuelo, mientras el millonario Manmón degustaba un aromático Cohíba en la noche fría.

En el amanecer despertaron con nosotros todos los dolores. El buen ortopédico nos había reconocido exhaustivamente a todos y solo la longeva Consuelo se sentía aquejada de un mal oscuro y profundo. Le decía el doctor en tono de broma: «Los médicos somos los mismos hechiceros de antes, todavía es mucha nuestra ignorancia pero ¡ánimo Consuelo!, que a usted la sacamos de esta». Y la noble anciana sonreía.

El rocío empapaba el campo y el olor a selva impregnaba el aire. Otro olor comenzaba a llegarnos desde el avión: el hedor de cadáveres que empezaban a descomponerse. Así que decidimos trasladar nuestro campamento unos cien metros más al norte para evitar la propagación de enfermedades, pero siempre cerca del siniestro que era por mucho más visible desde el aire que nuestro reducido grupo.

La semana transcurrió entre comidas simples, sorbos de café y la esperanza de ser rescatados con vida. El frío por las noches y nubarrones en el alma. No teníamos comunicación. Estábamos solos en medio de la nada.

Cipriano trataba de mantenernos ocupados y, por no tener qué hacer, se hizo un inventario de las pertenencias conque contábamos en el campamento.

Alimentos: 25 kg de azúcar, 10 kg de café, 15 kg de sal.

Medicamentos: Analgésicos, antibióticos, anestésicos, suturas, un set quirúrgico de primeros auxilios, algodón y gasa.

Útiles varios: Dos machetes, un hacha, tres cuchillos, un rifle calibre 22 y parque, 100 metros de soga y varias frazadas. A esto se sumaban algunos útiles de cocina y unas pocas cajetillas de cigarrillos.

Se requisaron los cadáveres en busca de sus documentos y encontramos, además, suficientes encendedores, unos prismáticos, una brújula y unas tijeras.

El agua no era un problema, teníamos suficiente provisión embotellada y los animales bebían de los charcos.

Transcurridos diez días del trágico accidente casi todos habíamos intimado y teníamos, en sentido general, cierta afinidad. No habíamos elegido a un jefe, pero Cipriano era el guía en casi todos los asuntos. Me sentía muy identificado con él por profesar la misma fe y ser del mismo país.

El doctor y su esposa mostraron una dedicación sin límites por todos y se mostraban muy optimistas.

El israelí Isaac y el kurdo Mozaffar eran dos grandes fumadores, y guardaban en común banca los cigarrillos que quedaron bajo su custodia y que consumían con moderación.

Manmón tenía su reserva de puros Cohíba, una de las mejores marcas de tabaco del mundo, y era un hombre reposado, condición que le sirvió para amasar una generosa fortuna de la cual no hablaba. De vez en vez se lamentaba de no haber hecho el viaje en su avión particular por estar averiado, pues entonces jamás se habría visto en semejante situación. Se había encariñado con la perra dobermann y dijo que se quedaría con ella si no había ningún reclamante.

El sacerdote Ramón era una excelente persona: siempre de buen humor, desprendido, pequeño de estatura y mofletudo. «Dios no tolera a los haraganes en su viña», decía.

Leonora era una boricua de origen hebreo y se mostraba reservada, no así su hijo que era locuaz y con un marcado amaneramiento que dejaba al descubierto a un hombre afeminado. Todos sus ademanes eran exagerados y complicados.

La cantaora de flamenco según se sabía era de entre lo mejor, y tenía gracia y encanto aún en la miseria actual de su estado. Era viuda.

La monja costarricense pertenecía a la orden católica de las Misioneras de la Caridad fundada por la madre Teresa de Calcuta, y estaba ataviada de blanco ribeteado en azul de la cabeza a los pies, con un velo tosco de tela sobre el cabello y sandalias sin medias. Ella se encargó de alimentar el niño con alguna leche y «agüitas azucaradas» que encontramos en el avión, pero cuando parió la vaca en la semana posterior al aciago accidente, se le empezó a dar la mejor leche que ha tomado niño alguno en tal situación.

A la vaquilla la ordeñaba el kurdo bien temprano en la mañana y daba leche para todos. Luego se dejaba el ternero con ella todo el día y solo al caer la tarde se separaban crío y madre para que en la mañana hubiera leche para el grupo.

Manmón era un amante de los animales y a poco simpatizó también con la vaca y decidió quedársela, si le fuera posible, junto con la perra. ¡Cuántos sueños! ¡Qué generosos nos sentíamos que íbamos a ser en un futuro! Porque la vida se aprecia más cuando casi se la pierde.

Todos teníamos propósitos. No así Consuelo, la anciana enferma. No se quejaba, pero se sentía muy mal. Uno de esos días, en estos primeros del merodeo, el negro Ángel Moreno encontró una colmena y la castró con sus buenas mañas. Fue a donde el doctor y le comentó que la leche con miel de abejas, en ayunas, era muy curativa, y el buen médico le dijo que sí, que se la diera a Consuelo. ¡Y cómo lo agradeció, la pobrecita! Que entre la vaca y Moreno, y la buena mano de Dios, comenzó a mejorar a ojos de vista.

La joven Alma Virgen era la inocencia misma, desconsolada por la muerte de su padre pero empeñada en vivir. Muy pronto se hermanó a la monja y ambas cuidaban del niño.

Por último estaba el que nos amargaba el alma. Cuando asentamos nuestros nombres y procedencia, el pistolero dijo que se llamaba Nadie. Al pedirle que ayudara nos dijo con cinismo: «Nadie no hace nada». Cipriano le había pedido que nos contara qué había motivado todo aquello que nos llevó a la ruina y por lo que habían muerto personas. Contestó que eso no era nuestro asunto. Cipriano no le pidió más que cooperara ni le tocó en lo sucesivo el asunto. Solo le daba los buenos días y todas las cortesías posibles aunque los demás le hacíamos rechazo.

En esos primeros días comenzaron las conjeturas. ¿Por qué viajaban personas armadas? ¿Por qué me habían permitido a mí, Filomeno Florido, abordar aquel avión? Demasiados por qué para los que no teníamos respuesta.

En la mañana del undécimo día, después del desayuno, Cipriano convocó a una reunión. El Dr. Ramón, Cipriano y yo nos habíamos puesto de acuerdo en algunos detalles que no habíamos compartido con el resto de la comunidad.

Así se dirigió a todos:

–Compañeros de infortunio. Hermanos. Doy gracias al Señor porque en su infinita misericordia preservó nuestras vidas y en su gran sabiduría recogió en su seno a los que habían de partir con Él. Ahora, de estas sus criaturas, unos estarán a su derecha y otros a su izquierda. A los de la derecha dirá: «*¡Venid, benditos de mi Padre, heredad el reino preparado para vosotros desde la fundación del mundo!*» A los de la izquierda dirá: «*Apartaos de mí, malditos, al fuego eterno preparado para el diablo y sus ángeles*». Dios tiene dos lugares en donde acoge el alma de los difuntos. Los que se fueron ya no volverán. Nosotros, los que vivimos, tenemos un reto: ir por el mundo y sojuzgar la tierra. Es evidente que por alguna razón que desconocemos no nos han encontrado y tal vez no nos buscan ya, quizás hasta nos suponen hundidos en el mar. No sabemos lo que pasa fuera de nuestro medio. Hemos esperado y los nuestros no han llegado. He pensado en un plan y se los voy a presentar. Si este no es aceptado hay otra alternativa, pero no creo que tengamos más. El asunto es como sigue: No sabemos en qué lugar de la Amazonía estamos, pues sin lugar a dudas nos encontramos en la floresta amazónica. De cualquier manera subiremos al norte hasta dar con un río y, una vez que lo hayamos avistado, lo seguiremos aguas abajo. Creemos que el río nos llevará a otro, o al mar, hasta llegar con suerte a algún pueblo o aldea. Hoy prepararemos la salida y partiremos pasado mañana al amanecer. Somos un pequeño grupo pero heterogéneo, hay un bebé, ancianos y mujeres. Marcharemos solo en las mañanas y hasta el mediodía, unas cuatro o cinco horas. Andaremos por seis días consecutivos y descansaremos el día número siete. El suní querrá que descansemos el viernes y el judío el sábado. Para nosotros los cristianos deberíamos descansar el domingo. Hagamos esto: Ayer no estábamos seguros cuál día era. Demos por sentado que no sabemos qué día es hoy tampoco. A partir de mañana para el suní será viernes que es su día festivo, para el judío sábado que es su día de reposo, y para los cristianos será domingo. Ya estamos de acuerdo. Serán seis de marcha y uno de reposo. Mañana organizamos y descansamos para salir pasado mañana.

Todos escuchamos en silencio hasta que Cipriano terminó de hablar, entonces el doctor pidió la palabra y dijo:

—Llevémoslo a votación. Por mayoría simple. Que Filomeno cuente los votantes.

—Somos quince a votar.

—¡Imposible! —dijo el sacerdote—. Sin contar al bebé somos diecisiete.

—Señor cura —le dijo Cipriano—. Somos quince. El bebé no puede votar. Alma Virgen es menor de edad y Nadie no trabaja. El que no trabaja no tiene derecho al voto. ¿Entiende buen cura?

Después de meditar, el sacerdote asintió.

—Mitad de quince, siete y medio. El grupo que saque ocho prevalecerá con su opinión.

—¡Atención! —anunció Cipriano—. Los que estén dispuestos a partir que levanten su mano derecha.

Se levantaron cuatro manos: la de Cipriano, la del doctor y su esposa, y la mía.

—Los que estén en contra —los restantes emitieron la misma señal menos Consuelo que no hizo ademán alguno.

—¿Y usted, Consuelo? —pregunté.

—Me abstengo. No tengo criterio. Seré una carga tanto aquí como en el camino. Lo que ustedes decidan por mayoría a mí me es igual sea de una forma u otra.

—Bien —dijo Ángel Moreno—. Ya que no vamos a salir en busca del río ¿cuál es la otra opción?

—Bueno —respondió Cipriano—. Ya que probamos con la democracia y esta se ha equivocado… ¡Pues implantamos una dictadura! ¡Partimos pasado mañana! Alma Virgen y Consuelo se van con nosotros así como el bebé y los animales. Los restantes tienen libre albedrío para hacer con sus vidas lo que bien les parezca. Si deciden unirse a nuestro grupo sepan que se someten, aunque voluntariamente, a una dictadura. Tienen una hora para decidir si se inscriben en la caravana y hacer los arreglos pertinentes.

Antes del plazo anunciado todos estuvieron conformes en marcharse. Estas fueron las órdenes de Cipriano:

—Todas las mujeres llevarán en sus mochilas hasta 10 kg de peso, los hombres cargaremos 15. Moreno se hará cargo de la vaca y será la retaguardia, la ruta la iremos abriendo Florido y yo. El doctor como buen jinete que es irá a caballo con Consuelo y serán los únicos que irán montados. La carga de Alma Virgen será el bebé y se alternará con la monja. Como hay abundante equipaje con todo tipo de valijas y maletas, cada uno escoja dos mudas de ropa cómodas y resistentes y unos buenos zapatos para caminar. Que las camisas sean de mangas largas y que toda la ropa les quede holgada. Un abrigo o chaqueta, una manta, un jarro, un plato y una cuchara. La vaca cargará todo lo posible. Cada cual será responsable de todos los bienes que se le asignen y será el administrador de lo que lleva. Llevaremos dos baldes, la olla grande y la lona, además de las sogas. Somos un organismo que necesita organización pero el orden tampoco nos puede ahogar. Haremos dos comidas al día si Dios así lo permite. ¡Nadie! Hablaré contigo delante de todos. Eres responsable en parte de todo lo que nos ha acaecido. Sobre ti pesan los muertos y tendrás que dar cuenta algún día de ello aunque no a nosotros. Puedes ser en el grupo uno más hasta que llegue tu día y no llegará por nuestra mano. Si decides venir con nosotros te adhieres a una dictadura. Y el dictador soy yo. ¿Qué vas a hacer?

—Primero cagarme en tu madre. ¡Hijo de puta! Segundo —dijo encañonando a Cipriano con una Colt calibre 45—, se larga toda esta chusma. ¡Ahora mismo! Menos la muchacha que se queda conmigo. Y tercero, este grupo se va a ir sin ti, eres otro animal más de los que se queda en el campamento, pero te quedarás muerto.

La bala salió perdida. El aparente inofensivo y frágil Voltaire, que estaba acuclillado a metro y medio de distancia de Nadie, se accionó como un resorte y se abrazó a las piernas de este haciéndolo perder el equilibrio y errar el tiro. Todos se tiraron al suelo. Cipriano, el doctor y yo pudimos reducirlo, no sin dificultad, pues era un hombre robusto. Yo me ocupé del brazo armado que siempre mantuve a tierra mientras Voltaire seguía aferrado a las piernas de Nadie haciendo caso omiso del pataleo. Cipriano pidió a gritos una soga que en instantes le alcanzó Camilo. Momentos después estaba Nadie atado de pies y manos y lo recostamos al tronco de la caoba.

El juicio

El kurdo e Isaac eran los cocineros y los únicos fumadores y, además, tenían casi las mismas reglas de alimentación. Nosotros nos aveníamos a comer lo que ellos preparaban. A la voz de «la Cocina» o «Cocina» el más cercano de ellos se acercaba, a veces ambos, y escuchaban la orientación del albacea Cipriano: «Cocina, por favor, ¿puedes hacer esto o aquello?» La Cocina nunca fregaba. Cada cual limpiaba su plato y el resto era trabajo de Leonora y Libertad.

—¡Cocina! Un café, por favor.

Ya un poco sosegados después de la pausa del café, fuimos convocados a una reunión de urgencia. Esto fue lo que dijo Cipriano:

—Sin ira ni odio sino con amor, pero haciendo justicia, es necesario juzgar a este hombre. Confieso que respeto a Nadie como siento respeto por cada uno de ustedes. Pienso que si está torcido alguna razón habrá. Aquí no tenemos cárceles ni mucho menos. Por lo que Nadie será juzgado a vida o a muerte. Si es a vida será puesto en libertad y entonces veremos qué decide la Dictadura. Si es a muerte la Dictadura lo ejecutará. ¡Buen cura! Ninguno como tú para defenderlo, todos los demás serán jurado. Se escuchará a todo el mundo. Mi vocación nunca fue ser juez, sino pastor, pastor de hombres, pero he sido enfrentado a este oficio. Así que comencemos. He aquí mi alegato: El acusado, quien no nos ha dicho su nombre, fue uno de los complotados que hicieron colapsar el avión y es responsable por todas las pérdidas de vida. No hay razón válida para matar personas. Pero aun lo que consideramos un monstruoso crimen pudiera ser comprensible si el acusado pudiera explicarlo y fuere aceptado por la razón. El acusado hizo un intento de homicidio, frustrado gracias a la oportuna intervención de un ciudadano digno, Voltaire. El acusado pretendió secuestrar a una adolescente con propósitos insanos. El acusado, liberado, representa un peligro para nuestra comunidad. Bajo los cargos de homicidio, intento de homicidio e intención de secuestro, pido para el acusado la pena de muerte.

El sacerdote Ramón se puso severo.

–¿Dice usted la pena de muerte? ¿Usted que se dice cristiano y que se cree ser pastor? Estamos de acuerdo en que este hombre es un malhechor pero ¿matarlo? ¿No sabe usted que mi Iglesia, mi fe, mi conciencia y todo lo decente que hay en el mundo están contra la pena de muerte? ¿No sabe usted que el sexto mandamiento de la ley de Dios dice específicamente «No matarás»?

–No son solo Diez Mandamientos, señor cura, pues me doy cuenta que hace referencia al Decálogo. La ley consta de 613 mandamientos como enseña la tradición judía. Y en uno de ellos manda que *«El que derramare sangre de hombre, por el hombre su sangre será derramada; porque a imagen de Dios es hecho el hombre».* «La ley de Dios defiende la vida del inocente hasta exigir la muerte de aquel que la quite sin justa causa, en desagravio de la justicia atropellada, y de la imagen de Dios ultrajada». Recito. Es un tema por el que he andado.

–El Dios del Antiguo Testamento se reveló en la persona de Jesucristo de modo diferente. En el Nuevo Testamento no aparece la pena de muerte.

–Dice el Apóstol Pablo que la autoridad civil lleva espada para castigar a aquel que hace lo malo. La espada es un instrumento de muerte. Sé que la vida es cosa sagrada. ¿Qué diremos de la satisfacción que sentimos cuando muere la persona malvada? ¿Y cómo miraremos a la cara de los padres de una víctima inocente cuando el matador se pasea libre gracias a la conmiseración de los que nunca fueron dolientes? ¡De ahí surgen las venganzas! Cuando la ley es débil el débil se hace fuerte y toma la ley por su cuenta. Cuidemos al honrado. Hay en las cárceles personas que merecen condecoraciones y es porque el orden, en su momento, fue desorden. Sea justo, señor cura.

–Discutir con usted es perder el tiempo. En Bacu tienen pena de muerte. Usted obedece a su cultura.

–Le ruego me permita la síntesis de una historia triste – dijo Cipriano mientras caminaba en círculos pequeños–. Como muchas veces comienzan los relatos para niños y de la manera más clara posible, les contaré que había una vez un granjero laborioso que a fuerza de tesón y austeridad logró tener una hermosa granja en producción que rendía pingües beneficios. Las tormentas de arena y la aridez del suelo no impidieron al ondulante trigo señorear en sus predios. Empleaba a hombres de todas las capas sociales y a nadie menospreciaba por no traer una carta de recomendación. Los caracteres difíciles se melificaban con su trato y tenía la facilidad de amansar al mismísimo lobo de Gubbia. Era muy querido por sus obreros y pagaba siempre más del jornal que estipulaba la ley. Cuando alguno de sus hombres enfermaba él los llevaba al médico y remediaba sus males como el buen samaritano. Nunca negó el adelanto pedido, si era razonable, cuando el peón necesitaba dinero. Algunos lo tenían por severo porque imponía su austeridad a otros. No permitía a sus empleados ni el uso del alcohol ni del tabaco, como un padre que cuida el dinero de sus hijos y su salud física y moral. Los domingos eran de asueto, siendo sagrado este día de reposo en el que se iba a la Iglesia, se recibían las visitas y también se hacían algunas según fuera la ocasión. ¿Qué más decir de este hombre buen cristiano y buen patrono? Sí, se podía decir algo más en favor de él. Cuidaba con paternal cariño a su esposa enferma que sufría de una terrible postración nerviosa. Le acondicionó una alcoba y se privó de su compañía durmiendo en una recámara aparte. La despedía en la noche con un beso después de mullir su cama, y con un beso la despertaba entrada la mañana cuando ya él, con el olor del campo, le llevaba el desayuno. Fruto de sus amores, de los tiempos de salud y felicidad, esta pareja tenía dos hijos adolescentes. El varón era el menor y la joven soñaba ya con el amor, pues su grácil cuerpo de mujer comenzaba a rechazar la infancia. La casa de esta familia no estaba enrejada, no se hacían guardar por perros ni había en el hogar armas de fuego y mucho menos quien las disparara. No sé qué habría pasado si aquella noche no hubiera existido, pero existió, y el pasado es irrevocable. En aquella noche lo despertó una horrible luz sobre su rostro. Descubrió dos hombres ceñudos que, desafiantes y respaldados por una escopeta que le apuntaba a la cabeza, le dijeron con voz gélida: «Llévenos a la caja fuerte y no le pasará nada». «No tengo caja fuerte», les respondió sorprendido, dándose cuenta de que era víctima de un asalto. Los vándalos lo golpearon y profirieron contra él palabras rudas, pero el pobre hombre no tenía sino unos pocos billetes en su billetera. Inocente, les dijo a los asaltantes que podía hacerles un cheque a lo que ellos respondieron con una carcajada. Lo ataron con cuerdas y con saña y le hicieron creer que nada le pasaría. Descubrió el terrible engaño tarde cuando lo degollaron con un cuchillo de caza. En los estertores de la muerte vio el destello y entró en el silencio. Los perdigones le destrozaron el rostro. Cuando irrumpieron en el dormitorio de la joven esta antepuso las manos para evitar el disparo. Inútil defensa. Del cuello arriba solo quedo una masa deforme, todo lo destruyó el mortífero e inclemente plomo. La misma suerte corrieron el niño y la madre enferma. Se habían preparado para todo en la vida menos para defenderse. Estaban entrenados para no matar.

Se llevaron los asesinos unos treinta dólares y una radio portátil, dejando como saldo cuatro víctimas inocentes que antes de ser exterminadas fueron cruelmente aterrorizadas, tronchándoles la vida de forma desmedida y brutal. Al día siguiente fueron descubiertos los cadáveres. He narrado brevemente lo que le sucedió a la familia Clutter en noviembre de 1959 en el territorio de Kansas, en la trágica hora en que Perry Smith y su compañero Dick decidieron por voluntad propia y en disfrute pleno de su libre albedrío la aniquilación de toda esta familia. Se dice que antes de ser ahorcados mostraron arrepentimiento. ¿Merecían ser perdonados? Es cierto que con su muerte no repararon el daño causado pero se cumplió la bíblica sentencia: «*El que derramare sangre de hombre, por el hombre su sangre será derramada*».

—¿Sirve para algo la venganza? —preguntó el cura.

—No fue venganza. Quedó satisfecha la justicia, pero solo en cierto modo. Los ahorcados recibieron el trato justo que merecían sus hechos. La familia Clutter ningún mal hizo.

—Según Benedetti el torturador no se redime si se suicida, pero al menos es algo —interrumpió Voltaire.

—Ustedes son lobos de la misma camada —dijo con resignación el cura—. Sigo en contra de la pena de muerte.

—Todo país sabio tiene la pena de muerte pero tiene que ver cómo la aplica. En República Dominicana no hay pena de muerte y es por la influencia de su Iglesia. Sin embargo, matan a diario a delincuentes que en la mayoría de los casos no deberían morir porque no se corresponde su delito al castigo recibido. Los matan porque las cortes los absuelven. Perú tampoco tiene pena de muerte pero mata. Es bueno cuando mata el juicio y no la precaución o la venganza. Y en estos países se mata, en el mejor de los casos, por precaución, porque el juicio justo no existe. Entonces aparecen los paramilitares, asesinando muchachos, niños de las calles. ¿Qué cree usted?

El sacerdote calló.

—Si es así puede tomar la palabra quien desee decir algo.

—Yo —dijo Libertad—, no creo que deba morir ese hombre. Mantengámoslo preso y después que se le entregue a las autoridades.

—¿Alguien más?

—Pienso que no debe morir —dijo Camilo.

—Deseo que viva —terminó Consuelo.

—Creo, pienso y deseo. ¿Nadie argumenta? Vamos a votación. Los que estén por la pena de muerte den un paso al frente.

Fuimos al frente el primero yo, Filomeno Florido. Me siguieron Cipriano, el doctor y su esposa, Voltaire, Isaac, Ángel Moreno y Manmón. En oposición se pronunciaron el sacerdote Ramón, la cantante Leonora y su hijo Camilo, la cantaora Libertad, la monja Rosario, la anciana Consuelo y el kurdo Mozaffar. A Alma Virgen no se le permitió votar.

—Ocho contra siete.

Nadie contemplaba la escena.

—Nadie, la mayoría vota por tu muerte e indefectiblemente morirás. No se te había dado la palabra y ahora te la doy, tu exposición puede salvarte. ¿Tienes algo que decir? Te escuchamos.

—¡Al carajo todos ustedes! —dijo con visible nerviosismo.

Este fue su relato:

—La parte del avión que se despeñó iba cargada de droga. La INTERPOL nos estaba esperando en Bolivia. Habíamos sido descubiertos y el copiloto, que estaba en el asunto, nos lo hizo saber. Le exigimos al capitán de la nave que aterrizara en otro aeropuerto pero no hubo entendimiento y lo demás lo conocen ustedes.

—Bien, soy aprendiz de juez y nunca en mi vida había estado en un juicio, pero si algo sé es que no se condena a muerte a una persona por asuntos de droga. El desastre fue casuístico. Te pueden dar en un futuro cadena perpetua pero nosotros no podemos ajusticiarte. La Dictadura le anuncia a la sala, incluido el acusado, que no nos compete juzgar a este hombre. Será puesto en libertad condicional y bajo palabra. No se le tomarán en cuenta sus amenazas e intento de asesinato a mi persona y solamente, en la noche, dormirá en un cepo de campaña pues no es de fiar. ¿De acuerdo? –todos asentimos.

–Dinos tu nombre.

–Juan García.

–Nacionalidad.

–Dominicano.

–Edad.

–31 años.

–Tu compromiso con nosotros es comportarte de acuerdo a las reglas del grupo. Si te soltamos te avienes a recibir órdenes y cumplirlas como se te oriente. ¿Aceptas?

–Sí.

–Filomeno Florido, libera al prisionero.

Así lo hice, y aunque sabía que en justicia no podíamos haber obrado de otra manera, supuse que el asunto no había terminado allí, y no supuse mal.

Juan García o Nadie, en sí no sabíamos cuál era su verdadero nombre, se encaminó al avión. Cuando iba como a cincuenta pasos se volvió hacia nosotros y nos gritó:

–¡Hijos de puta!

–Todos –dijo Cipriano–, escóndanse en la espesura. Solo Filomeno se queda conmigo. Pongan también a cubierto los animales.

Eran las 3 de la tarde y aún no habíamos almorzado. Cipriano se escondió en unos arbustos cercanos y yo tuve la intuición de meterme debajo de la lona. Bajo ella hice un corte de unos veinte centímetros con mi navaja suiza que me permitiera ver. Cipriano me había visto esconderme.

Muy poco tiempo después, pasada tal vez una media hora, vi venir a Nadie sin su camisa y con una metralleta terciada que sostenía en posición de combate. Caminaba en dirección hacia mí y yo lo miraba a través de la hendija. Cuando estaba a escasos dos metros de mi escondite Cipriano, que permanecía encorvado detrás de él, sacudió los arbustos que lo cubrían. Nadie se volvió y disparó una ráfaga que Cipriano evitó tirándose a tierra. Yo, deshaciéndome de la lona lo más rápido que pude, le disparé a quemarropa. La bala entró por la nuca y salió por el ojo izquierdo, deformando el rostro.

Al kurdo, acostumbrado a la muerte, no le conmovió nada el asunto, como tampoco al judío, pero los demás quedaron visiblemente impresionados.

—¡La Cocina! Lleven al difunto en el caballo y déjenlo al pie de los restos del avión —ordenó Cipriano.

Le tomamos las huellas dactilares como mejor pudimos y el doctor certificó su muerte. Después el kurdo e Isaac hicieron como se les mandó.

—¿Cómo te sientes? —me preguntó Cipriano.

—Bien.

—¿Dónde aprendiste a disparar?

—En Bacu, en el Servicio Militar.

—¿Le habías disparado a alguien alguna vez?

—Nunca, y espero no tener que volver a hacerlo.

—Dios así lo quiera.

Hicimos nuestra comida sobre las cinco de la tarde. El cura convenció a la monja para que cambiara sus ropas por unos pantalones vaqueros y una camisa de mangas largas. Sus nuevos atuendos la hacían lucir muy bien y eran mucho más prácticos, solo que no dejó de cubrirse la cabeza con su manto de tela blanca.

Fue un día festivo para el kurdo Mozaffar. Era viernes. Antes de la salida del sol había comenzado sus oraciones después de sus abluciones rituales. Siempre orientado hacia la Meca. Comenzaba de pie, recitando en su idioma lo que él solo entendía y después de una genuflexión se postraba dos veces, para finalmente sentarse y concluir su culto a Dios, asunto que repetiría cuatro veces más hasta antes de la medianoche. Nunca interfirieron sus oraciones con nuestra marcha, pues la primera era antes de que amaneciera, la segunda al medio día, y las restantes continuaban en el siguiente orden: entre tres y cinco de la tarde la tercera, al ponerse el sol la cuarta, y la quinta y última antes de acostarse.

De la bodega del avión habíamos sacado un paquete que creíamos ser de algodón, y por algodón se tuvo hasta que un día, necesitando de este, se abrió y resultó ser té verde. Tres kilogramos de té verde. Tal júbilo produjo esto en Mozaffar que cantó una canción con ritmos y letras que jamás habíamos escuchado. El judío Isaac también se alegró mucho. Los demás preferíamos el café. Se le dio la custodia y la libertad a Mozaffar de hacerlo siempre que quisiera. Cuando lo bebía se escurría los negros mostachos con el labio inferior si algo de la infusión quedaba en el poblado bigote. Así le llamaba: té verde, aunque las motas negras y ensortijadas de este estaban bien secas.

Isaac había comenzado su reposo desde la puesta de sol del día anterior. Se abstuvo de encender el fuego o de alimentar la hoguera y no prendió más sus cigarrillos, anunciando que cesarían sus labores hasta el día siguiente cuando declinara la tarde. Al atardecer se postró en dirección al Muro de los Lamentos que está en Jerusalén, que es lo que queda del antiguo templo hebreo que fue arrasado por los ejércitos romanos en el año 70 de la Era Cristiana, y donde ahora se alza la Mezquita de Omar o Cúpula de la Roca, que es el más importante santuario musulmán después de la Kaava en La Meca. Previsoramente había preparado un litro de té con el cual pasar el Sabbat junto a otros alimentos que había guardado.

Voltaire pasó muy aburrido el día, estaba como un pollito que hubiera nacido en un nido de patos.

«Plinio, en su célebre carta al emperador Trajano, le informó que era costumbre de los cristianos reunirse muy de mañana, antes de haber luz, en cierto día fijo para cantar himnos a Cristo, como a Dios suyo, y obligarse con un sacramento a no hacer mal. Los cristianos hemos seguido, con más o menos decoro, observando el domingo como día del Señor Jesucristo para la celebración de la Santa Cena y la más solemne predicación de La Palabra».

El sacerdote Ramón era un gran orador y un hombre de piedad, y a él encargó Cipriano presidir los servicios del domingo. Cipriano se había convertido en una autoridad civil.

Por estos días comulgábamos cristianos de diferente orientación religiosa y manteníamos absoluto respeto ante otras formas de adoración e interpretación. Hacer una amalgama de nuestros credos hubiera dado origen a una masa pútrida, que es la sustancia del mal llamado Ecumenismo. Así que fuimos consecuentes los unos con los otros y nos fue bien. La intransigencia nunca ha sido provechosa: es letal.

Juan Calvino, el gran teólogo francés y dictador en Ginebra, hizo quemar vivo al español Miguel Servet en Champel el 27 de octubre de 1553 por disparidad de criterios sobre la misma fe que ambos profesaban. Calvino pidió piedad para él «porque somos cristianos». Y solicitó para la hoguera, como gracia, leña seca. No se le concedió su petición y fue quemado con leña verde.

En el siglo XVI hugonotes y romanistas se hicieron mutua guerra, y en la noche de San Bartolomé en toda Francia, del 23 al 24 de agosto de 1572, millares de hugonotes fueron muertos; también murieron romanistas pero pocos. Se culpó a Catalina de Médici, pero realmente fue la intransigencia religiosa la que asesinó tanta gente.

Fue célebre Lutero, más por sus 95 tesis que por la matanza de campesinos que apoyó en 1525, poniéndose de parte de los príncipes contra aquellos que reclamaban, entre otras cosas similares, poder recoger un poco de leña en el bosque.

Y al que le parezca extraño que una compañía con tan diferentes credos como la nuestra pudiera ser armoniosa en estos primeros y trágicos años del siglo XXI, quiero invitarle a considerar un ejemplo muy simple.

En los albores de la humanidad, cuando comenzaba a poblarse la tierra y solo unas pocas generaciones separaban al primer hombre de aquel que teniendo casi 100 años no tenía aún hijo, de los lomos del venerable anciano Abraham salieron dos pueblos. De Sara su mujer engendró a Isaac, trece años después de haber tenido su primer hijo Ismael con Agar la sierva egipcia. Cuando Abraham murió a la edad de 175 años sus dos hijos lo lloraron y lo sepultaron en la cueva de Macpela, en la heredad de Efrón hijo de Zohar heteo. Abraham es el padre de los árabes y es el padre de los hebreos. Del linaje hebreo vino Jesucristo; del linaje de los árabes llegó el profeta Mahoma. No puede ser imposible la convivencia de aquellos que vienen de un mismo tronco si se busca lo que los une y no lo que los separa. Tiene el árbol muchas ramas, pero todas se unen al tronco. Doce príncipes árabes salieron de Ismael. Doce príncipes hebreos salieron de Israel.

Al anochecer, junto al fuego, había ansiedad en nuestros corazones por el reto que teníamos delante. Estábamos tensos y un simple incidente relajó benéficamente a la compañía. He aquí el valor de las relaciones abiertas.

Manmón se había pasado la tarde acariciando al caballo hasta llegar a besarlo en los belfos. El tordo era de muy buena rienda y giraba a las dos manos. De galope rápido y parada seca también podía ir al paso reposado de una jaca mansa.

—Este caballo debe costar mucho. Si está a la venta voy a comprarlo —dijo.

—¡Caramba! —replicó Moreno—. Este es comunista. Lo quiere todo para él.

—No confundas Moreno. Yo digo que lo compro, no que se lo quito a nadie.

Y Moreno se echó a reír, dejándonos ver su blanca dentadura.

Concluía el día de descanso e íbamos al sueño en vísperas de lo desconocido. Quedó instituido que en lo adelante la

Cocina no trabajaría más el día de descanso para tenerlo como asueto.

Camilo aprendió a ordeñar la vaca hasta llegar a hacerlo con bastante pericia, y para él el día de ordeño llegó a convertirse en día festivo. La leña y el agua pasaron a ser responsabilidad de Cipriano y mía. En lo sucesivo y en los días normales todos seguimos con nuestras tareas. El sacerdote y Camilo se fueron ocupando de la organización y gobierno del campamento. Este último fue perdiendo sus ademanes exagerados y comenzaba a proyectarse de manera diferente.

En marcha

Aún era muy oscuro cuando Mozaffar ya faenaba extrayendo la leche del único ordeño que se haría en todo un día. Sólo de vez en vez, y cuando era necesario, se le sacaban mínimas tomas para el niño, pues la leche que quedaba, como no se hervía, se echaba a perder a las pocas horas.

Moreno había estado trabajado días atrás en domar a la vaca para que se acostumbrara a llevar cargas, según encargo de Cipriano. Para este efecto se habían construido dos grandes alforjas de lona que comenzaron a llenarse con los artículos previstos y que iban coronadas con el gran caldero que también oficiaba de cesta. Llevaba el animal una carga de unos 70 kilogramos y es posible que pudiera con más, pero preferimos que fuera descansada y que se acostumbrara poco a poco a cargar pesos y a llevar alforjas, cosa que nunca había hecho.

Cerrando el bagaje estaba Moreno con el ronzal al hombro, tirando de la vaca y delante de él la monja y Alma Virgen con el bebé. Moreno, aunque no buen ordeñador, era el que sacaba las tomas del niño.

Seguían en orden el doctor Antonio a caballo con Consuelo y acompañados por su esposa Laura. Consuelo estaba aquejada por dolores fuertes y su locomoción era defectuosa e imposible a campo traviesa. Iba a horcajadas sobre el caballo y en la grupa, dominando las riendas, el doctor, quien además de conducir al noble bruto mantenía el equilibrio de Consuelo. El doctor y la menuda mujer montaban «en pelo» sobre una manta doblada cuatro veces que les servía de montura. El caballo obedecía al rustico bozal de soga con el que lo guiaba Antonio.

Abríamos la marcha Cipriano y yo, machete en mano. Las armas iban en el bagaje y nos seguían el cura, Manmón y Leonora acompañada de su hijo Camilo, que lo mismo ayudaba a su madre como a la cantaora Libertad que iba con ellos. Les seguían el hebreo, el kurdo y Voltaire. La perra siempre en la vanguardia.

La tropilla iba en fila india y se convino en que el orden de marcha fuera el mismo siempre. Cada sector tenía un responsable de grupo. En el sector uno era Moreno; en el dos, Antonio; en el tres, Camilo, a quien Cipriano siempre le investió de autoridad; en el cuatro, el kurdo; y en el quinto, Cipriano. A veces a Cipriano y a mí nos sustituían otros hombres, a excepción de Moreno que era viejo y, además, tenía a cargo varias tareas. Pero a la hora de dar machete o hacer otro trabajo rudo los demás hombres nos apoyaban. Predominaron dos voces de mando: ¡En marcha! y ¡Alto! Cuando acampábamos no estaba permitido estar fuera de un radio mayor a los quince metros salvo previo aviso.

A los hombres la barba nos había crecido y la ropa de todos estaba mugrosa. Todos habíamos adelgazado a excepción del bebé que aumentaba de peso ostensiblemente. El paso de nuestra comitiva era el de un hombre cansado, y en esa jornada, al medio día, se calculó que solo habíamos avanzado unos 5 o 6 kilómetros, pues todo se volvía arranca y para, aunque ya empezábamos a acoplarnos y organizarnos. Estábamos en un punto perdido entre unos siete millones de kilómetros cuadrados, y marchábamos rumbo al norte atravesando una llanura de arbustos y árboles aislados. Era la temporada de sequía y la lluvia llegaría en mayo, pero el tiempo en esta geografía era impredecible. Notábamos que descendíamos y suponíamos que pronto llegaríamos a los valles fluviales y a la preocupante selva, en donde no queríamos ni imaginar cómo podríamos andar. Quiso Dios que nuestro entrenamiento fuera en la parte menos agresiva de la Amazonía. Agresiva para nosotros, seres del asfalto y la civilización que no estábamos entrenados para vivir en la dulce naturaleza que Dios en su inmensa misericordia creó para el hombre.

Después de cuatro horas de andar sin ningún acontecimiento se dio la voz de alto y acampamos a la sombra de unos laureles, rodeados de árboles menores y de escasa vegetación.

El campamento

Sobre la marcha la serpenteante fila se estiraba unos cincuenta metros de longitud. Escuchábamos dos voces: la de Cipriano y la confirmación de Moreno a quien llamábamos el Eco. Otra tercera voz de mando se comenzó a usar y apareció como todas las del lenguaje, para resolver o concretar una situación. Cuando se gritaba ¡Campamento!, la vanguardia se detenía y el resto de la fila seguía en marcha hasta encontrarnos todos y conformar el orden de acampada. El eje central sería el lugar del fuego; una vez señalado este formábamos un círculo de cinco metros de diámetro donde nos tumbábamos en lo que ya sería nuestro lecho.

Todos los hombres teníamos turnos de tres horas de guardia a partir de las seis de la tarde y hasta las seis de la mañana. La primera y la última guardia eran las mejores, no así las del medio. El atalaya velaba unos cinco metros al norte del grupo, junto a los animales y al calor de una pequeña fogata. Temíamos a los pumas y jaguares por el peligro que podrían representar no solo para nosotros sino para nuestros valiosos animales.

Por estos días nuestra dieta se componía casi exclusivamente de leche, pues se habían consumido todos los víveres que habíamos rescatado del avión. El que hacía el turno de guardia era portador de la pistola Colt 45 del ajusticiado. La voz de peligro era ¡Alerta! y para despertarnos el ¡De pie! El otro trabajo a realizar por el vigilante era mantener el fuego vivo para lo cual había una provisión de leña suficiente.

El lugar elegido cubría perfectamente todas nuestras necesidades y sobre todas ellas una muy vital: el aseo. Llevábamos varios días sin agua abundante y allí la había. Encontramos un pequeño lagunato que sin lugar a dudas era el nacimiento de uno de los tantos arroyuelos que circulan libremente por la Amazonía, y a unos dos metros de la orilla levantamos una especie de cortina de lona que haría función de baño. De aguas corrientes que desaguaban rumbo al norte por un pequeño caudal no mayor que una de nuestras zanjas de regadío, dispusimos nuestro campamento a treinta metros de la ribera, pues sabíamos que las aguas atraerían a otros seres sedientos.

La primera operación fue dar de beber a los animales, luego Antonio bañó al caballo y los dispuso a todos a la sombra para luego llevarlos a pastar. La perra nada más llegó se metió en el agua que era poco profunda y no nos llegaba nada más que a las caderas. Les siguió el turno a las mujeres que fueron bañándose en la ducha improvisada y Cipriano les pidió que economizaran el tiempo. Ya vestidas con la ropa de repuesto enjuagaron la sucia, cosa que hicimos también nosotros después, y aunque no logramos que perdieran toda la mugre, sí quedaron libres del sudor y el salitre. De regreso, a las mujeres se les pidió que estuvieran de espaldas a la charca, pues todos los hombres se bañarían al mismo tiempo, quedándonos solo afuera Cipriano y yo en caso de algún imprevisto. Fuimos los últimos en asearnos y para cuando llegamos la charca estaba toda revuelta y lodosa, pero aun así el baño nos supo a gloria.

La Cocina preparó un café para todos con la poca azúcar que quedaba; se había estado consumiendo a razón de dos y medio kilos por día. Para ellos hicieron un té verde.

Cuando quisimos endulzar la leche del bebé el doctor nos dijo que hasta los seis meses este debía beber solo la leche de la madre, y que al no contar con el preciado líquido nos veíamos obligados a emplear la de la vaca. Esta, aunque más rica en proteínas que la materna, no era la ideal, por lo que debíamos administrarla rebajada con agua hervida y con muy poca azúcar o ninguna.

Teníamos hambre y guardábamos la esperanza de cazar algún animal que viniera a abrevar a la laguna, por lo que se orientó que se mantuviera el campamento en silencio y que todos descansaran después de la primera y agotadora jornada de marcha. Moreno y Antonio estaban un poco al sur, con los animales; el kurdo e Isaac al cuidado de las mujeres y Cipriano y yo apostados en unos matorrales con el rifle y los prismáticos.

Todo era quietud y mi reloj anunciaba las cuatro y media en la tarde cuando salió de entre la floresta un solitario pecarí. Me proyectó el flanco y apunté cuidadosamente a la oreja. La bala le pegó en la sien y cayó fulminado, pataleando en los estertores de la muerte. Decidimos seguir esperando y dejar al animal muerto entre las aguas por si aparecía otra presa. Ya casi estábamos por dar por terminada la cacería cuando asomó, cautelosa, una cierva de los pantanos que se metió en el centro de la charca y enfrentó la cabeza hacia nosotros. Fue el momento que aproveché para disparar y acerté nuevamente, esta vez entre los ojos.

—Cipriano, trae al caballo y una cuerda —le pedí—. Y llama a la Cocina para que vengan con los cuchillos, el hacha y los machetes.

Cuando llegaron ya había arrastrado a la venada de unos ochenta kilogramos fuera de la charca y la había degollado para desangrarla; el pecarí llevaba algún tiempo de muerto y no lo desangré. Llevamos los animales a cincuenta metros al oeste del campamento donde el kurdo, diestro carnicero, desolló y partió en cuartos la cierva. El hígado se dejó para nosotros y se hartó a la perra con las demás vísceras. Más tarde se trocearon dos cuartos de la cierva en porciones de un kilogramo y se pusieron al fuego en el gran caldero.

Los judíos y los musulmanes no consumen el cerdo, al cual consideran un animal inmundo, por lo que ni aún pedimos a los diestros carniceros que prepararan el pecarí, que es un cerdo salvaje. Cipriano y yo lo evisceramos y lo pasamos por fuego quitándole los pelos hasta dejarlo completamente limpio.

Manmón, como muchos argentinos, era un buen asador y se le dio la tarea de asar los dos cuartos que quedaban de la venada y al pecarí, faena que asumió gozoso junto al sacerdote y a Voltaire.

Después de cocida la carne se dejó secar el caldo y quedó una deliciosa carne asada en cazuela que nos levantó el ánimo y las fuerzas. Cenamos a las diez de la noche opíparamente. Dormimos menos esa noche pero por primera vez estábamos alegres y esperanzados después de haber tenido tan espléndida cena.

Día decimotercero después del desastre. Amanecía. El campamento se despertó a las cuatro de la madrugada. Después del aseo, el desayuno con leche y las plegarias empacamos nuestros enseres y salimos a las seis. Todavía estábamos ahítos. Esta vez la salida fue más ordenada que el día anterior e íbamos paralelos a la corriente de agua que se dirigía rumbo al norte. La vegetación iba siendo más densa a medida que avanzábamos, por lo que cada vez que nos deteníamos después de la jornada diaria, el campamento se hacía más estrecho por lo tupido de la selva. Ya en las fogatas y al cocinar había que hacer arder también leña verde pues la seca iba escaseando. Todos menos el judío y el kurdo fuimos dando cuenta del pecarí, y cuando su carne se nos terminó comenzamos a consumir la de venado. Toda esta provisión duró cuatro días pues lo que quedó para el quinto se había descompuesto.

Nos quedaba un día para completar los seis de marcha y estábamos cansados. Se calculó que habíamos recorrido unos sesenta kilómetros. En el día sexto caminamos unos diez kilómetros más y acampamos exhaustos y hambrientos, cerca de una charca que formaba parte del arroyuelo donde esperábamos encontrar caza. Llevábamos dos días a leche y a algunas frutas y nos adentrábamos en los valles pluviales densos en vegetación y sumamente húmedos, con escaso pasto y grandes helechos. Ahí comíamos brotes tiernos y dejábamos que nuestro propio instinto animal nos guiara.

Entramos en una zona de aves y en donde comenzaban a abundar los monos. A todos nos repugnó la idea de comer animales tan parecidos a nosotros. Aun así estábamos en común acuerdo de que, en caso de necesidad, si había que comerlos se consumiría su carne. Seguíamos bañándonos en el arroyo con el mismo orden del principio, las mujeres primero y luego los hombres.

El día que Rosario y Alma Virgen se cortaron el cabello que llevaban a todo lo largo fue de los más tristes. El buen cura les aconsejó que así lo hicieran pues era imposible en aquel tórrido clima y sin las condiciones elementales mantener el cabello largo, por lo que se dejaron la cabellera hasta los hombros. Quizás fue la primera ocasión en que el cura alabó a una mujer, o a dos en este caso, porque les dijo:

—En verdad que ahora se ven mucho más guapas.

En la tarde de ese día y ya asentado el campamento dejamos a cargo a Manmón y a Voltaire, e hicimos una red con lianas y bejucos que entretejimos y con la que represamos al arroyo. En algunas partes tenía hasta metro y medio de anchura, por lo que no nos fue difícil ir azorando todo lo que supuestamente iba delante hasta toparnos con nuestros compañeros que sostenían la red. Todos nos enfrascamos en desenmallar una diversidad de peces desconocidos de entre diez y quince centímetros de largo. Pudimos recoger alrededor de un centenar de ellos y allí mismo los preparamos sin dejar prácticamente ningún desperdicio, porque la perra hizo su festín de las tripas y las cabezas.

El kurdo hizo un caldo con las ventrechas de los pescados

que degustamos con sumo placer. Isaac dejó el trabajo poco antes de ponerse el sol para asearse y prepararse para el Descanso, mientras Cipriano y yo asumíamos el control de la cocina puesto que el kurdo también esperaba su día festivo. Los cristianos celebraríamos la Resurrección de Jesucristo con la Cena del Señor. Después del consomé guisamos el pescado y cada cual comió cuanto quiso, quedando incluso para el día siguiente, acompañado con la generosa y benéfica leche de nuestra vaquilla.

El sermón

Camilo ordeñó la vaca y las mujeres se ocuparon de servir el desayuno. A las nueve de la mañana el sacerdote Ramón, después de leídos algunos Salmos y cantado unas melodías, nos exhortó con la siguiente homilía:

—En el capítulo quince del Evangelio de Lucas hay una enseñanza sobre el amor de Dios para los perdidos y está ilustrada por tres sencillas historias. Les hablaré brevemente de las dos primeras y un poco más de la última.

Todos escuchábamos su dulce y armoniosa voz mientras se paseaba suavemente entre nosotros con sus manos entrelazadas a la altura del pecho. Su voz, que dominaba al grupo, alcanzaba al aparentemente distraído Voltaire. Hablaría el cura de ovejas, de dinero y de un hijo que dejó el hogar. Todos nos sentimos aludidos e interesados. Así continuó:

—Se acercaban a Jesús todos los publicanos y pecadores para escucharle y los fariseos y los escribas murmuraban diciendo: *«Este a los pecadores recibe, y con ellos come»*. Hijos míos, aquí hay dos bandos: el de los buenos y el de los malos. En el bueno estaban los fariseos y los escribas que son personas religiosas y cultas; en el malo estaban los publicanos y los pecadores. La gente que peca es la que no obedece a Dios y que se extravía. Pecado es desobediencia a la ley de Dios y nos hace ser miserables. San Pablo decía: *«¡Miserable hombre de mí! ¿Quién me librará de este cuerpo de muerte?»* El pecado es la herencia que nos legaron nuestros primeros padres, y la tendencia nuestra es la de acusarnos unos a otros. Nuestro Señor Jesucristo recibió críticas por recibir a estos hombres y ante ellas argumentó con tres historias.

Comenzó dirigiéndose al kurdo:

—Mozaffar, ustedes siendo pastores conocen bien a las ovejas. Ahora bien ¿se deja a su suerte a la oveja que abandona el rebaño?

—¡Nunca! —respondió el kurdo.

—Eso mismo dijo Jesucristo. La primera historia es como sigue: Un hombre tenía cien ovejas y una de ellas se perdió y salió a buscarla. Dejó a las noventa y nueve a buen recaudo y fue tras la oveja perdida. Al encontrarla la trajo a casa en hombros y con gran alegría. Jesucristo dijo: *«Os digo que así habrá más gozo en el cielo por un pecador que se arrepiente, que por noventa y nueve justos que no necesitan de arrepentimiento».*

Prosiguió, enfrentándose al argentino:

—Manmón, si se perdiera la décima parte de tus riquezas ¿estarías tranquilo?

—¡Que eso nunca suceda! —dijo el aludido.

—Pues bien —sonrió—. Una mujer tenía diez monedas y perdió una y la buscó con presteza. Al encontrarla llamó a sus vecinas y les dijo gozosa: *«He encontrado la dracma que había perdido».* El Señor Jesucristo dijo que hay gozo delante de los ángeles de Dios por un pecador que se arrepiente.

Y fijando sus ojos en la piadosa mujer:

—Leonora, si Camilo te abandona ¿esperarías su regreso?

Leonora se persignó.

—Un hombre tenía dos hijos y un día el menor de ellos le pidió al padre que le diera la parte de los bienes que le pertenecían. El padre repartió a ambos hijos los bienes, y el mayor, por ser el primogénito, recibió dos tantos por cada uno que recibió el menor. A los pocos días el hijo menor se marchó del hogar y del país, y lejos de la disciplina paterna, del orden y de la santidad, dilapidó sus bienes viviendo perdidamente. Borracheras, burdeles, casas de juego y amigos oportunistas dieron cuenta de su herencia, y así pronto llegó a la pobreza y casi a la mendicidad. Encontrándose en esa situación se empleó en una finca como cuidador de cerdos, y el hambre era tanta y tan mala la paga que a veces se sentía tentado incluso a comer el alimento que le daba a los animales. Un día, aguijoneado por el hambre y el pesar, decidió volver a su casa. Su padre estaba mirando al camino y reconoció en aquel desarrapado hombre a su hijo y corrió hacia él. ¡El hijo no corrió al padre sino que el padre corrió al hijo! Se echó sobre el cuello del hijo y le besó. Manada pequeña —nos dijo el cura—, Dios nos está esperando. Él espera nuestro regreso. Él quiere darnos el beso de bienvenida. A ustedes les digo: ¿Quieren recibir hoy el beso de Dios? Regresen a sus caminos. Regresen por el camino. Jesucristo dijo: *«Yo soy el camino, y la verdad, y la vida»*. Jesús es el camino al Padre, Él es el Redentor.

El sacerdote nos invitó con un gesto a levantarnos.

—Les pido que se pongan en pie para recibir la bendición.

Todos lo obedecimos y después el buen hombre nos besó a cada uno en la mejilla. Cuando llegó a Voltaire, este le aclaró:

—Señor cura, yo soy ateo.

—No importa hijo, no te hará mal la bendición de un representante de Cristo.

Y hecha la señal de la cruz con los dedos índice y cordial le dijo:

—Dios te bendiga.

Y también lo besó. El sacerdote Ramón había sido instruido en la práctica del Ósculo Santo o Beso de Amor con el cual se saludaban los primeros cristianos besándose en las mejillas, en la barba o en la frente. Despedido el servicio, el sacerdote le dijo a Voltaire:

—Te ruego, amigo, que me hagas un poco de agua. El aludido vino a poco con una vasija con agua.

—¿Cómo la hiciste tan pronto? —preguntó el cura.

—Yo no la hice, la traje —dijo Voltaire, quien se puso a la

defensiva intuyendo que algo tramaba el sacerdote.

–¡Ah! Ningún hombre puede hacer el agua. Puede convertirla en vapor, la puede hacer sólida, incluso quitarle la sal a la que es salada y purificar a la que está sucia. Pero ningún hombre puede hacer una sola gota de agua; ni puede hacer una semilla; ni puede, de materia muerta, sacar vida. El día que me hagas una semilla, o una gota de agua, dejaré el curato y buscaré otra cosa que hacer. Mientras tanto, observa lo simple del agua y de los árboles que nos rodean, contempla el firmamento. Eso es obra de la creación.

–¿Y quién creó a Dios? –Preguntó Voltaire.

–Dios no fue creado, Él es el principio de todas las cosas.

–Eso arremete contra la razón –prosiguió el ateo.

–Eso se recibe por fe –dijo el cura.

–¿Qué es la fe?

–La fe es la certeza de lo que se espera, la convicción de lo que no se ve.

–Je, je, je –rio el escéptico–. ¿Y cómo obtendré la fe si no la tengo?

–La fe viene por escuchar la Palabra de Dios, por observar la obra de Dios. Pero si decides no creer has de tener más fe para creer en la teoría de la evolución o en la del Big Bang, que para creer el primer versículo del Génesis donde dice: *«En el principio creó Dios los cielos y la tierra»*. Para ser ateo se necesita tener un conocimiento infinito. Saberlo todo. ¿Es posible saberlo todo? Se calcula que todo lo que el ser humano ha llegado a saber se resume en menos de un uno por ciento del conocimiento total. ¿Fue el sabio Einstein acaso el mismo Dios? Si lo fue dejó de serlo cuando murió. Es muy poco lo que conocemos. Claro, de eso nuestro cerebro no es responsable. Creo que nuestra mente trabaja al ciento por ciento de sus posibilidades según la capacidad de cada uno pero, por supuesto, no alcanza a comprender ni una minúscula partícula de lo que no le es revelado en lo mucho que Dios tiene en su sola potestad.

–Vea usted, soy estudioso y ferviente admirador del hijo

de Susannah Darwin. El ilustre hijo de la Inglaterra del siglo XIX, Carlos Darwin, quien escribió su inigualable libro *El origen de las especies* y *La descendencia del hombre* —Voltaire aspiró el aire con deleite—. Señor cura, creo firmemente que somos descendientes de los simios. Está claramente explicado. Si bien es cierto que solo es una teoría no creo que haya otra que la supere.

—Para mí —dijo el cura—, el origen de la vida sin intervención de nadie, por la pura casualidad de las casualidades, es un absurdo. No aceptaré nunca que la nada, el vacío, la materia «omnipresente», formara primero el mundo y todas sus condiciones favorables, y que a la vez apareciera la vida unicelular y mutara en plantas, peces, reptiles, vertebrados, ¡simios! y, finalmente, en hombre. Que el colmo de la creación, el hombre, venga de un mono que a través de millones de años haya perdido la cola, el pelo, y su condición de irracional. Esa teoría agrede a la razón y a la mujer pues, según Darwin, la mujer es un animal inferior a su compañero, el hombre, postulado que siguió otro ilustre darwinista, Sigmund Freud, que declaró que la mujer era el lado oscuro del hombre.

—Eso lo inventó usted.

—Investigue.

—En mis investigaciones he descubierto que su iglesia cree en la evolución.

—Bueno, uno de los dogmas de la iglesia es la infalibilidad del Papa —argumentó el cura sintiéndose en aprietos-, y Su Santidad Juan Pablo II declaró que «la creación y la evolución pueden convivir juntas sin conflicto, con tal de que se mantenga que solo Dios puede crear el alma humana».

El sacerdote alzó los ojos al cielo, bajó la cabeza y añadió:

—Esta discusión no tiene sentido. Es estéril.

Miró fijamente al ateo y tendiéndole la mano concluyó:

—Podemos convivir juntos, ¡pero no mezclarnos! Sigue tú teniendo como abuelo al mono que yo tengo mi antepasado en Adán.

Después en privado le pregunté a Cipriano:

—¿Estará claro el cura en lo que dijo?

—Tristemente, sí. En el mes de octubre de 1996 Juan Pablo II hizo esa declaración.

—¿No crees que debemos anularle las credenciales de predicador al cura?

—¡No seas fariseo, hombre! —me fustigó—. No creo que nuestro buen cura, a quien considero un fiel cristiano, crea ese disparate.

Y ahí terminó la plática, en aquellos aciagos días de supervivencia, dulce tolerancia, comprensión y afabilidad. No hubo ni vencidos ni vencedores. Ningún credo es demostrable porque cuando se demuestra deja de serlo.

Al ponerse el sol Mozaffar concluyó su penúltimo servicio a Dios, pues el último sería antes de acostarse y no pasada la medianoche. Lo esperaba Isaac con una infusión de té verde que bebieron con fruición a la vez que prendían sus cigarrillos. Nos preparábamos para pasar la noche y ya habíamos cenado del pescado.

De nuevo en marcha comenzamos a avanzar con mucha dificultad, y dada la casi impenetrabilidad de la selva nos era muy difícil el movimiento. Marchábamos entre gigantescos árboles y solo de trecho en trecho encontrábamos algún claro en el bosque. Consuelo no había presentado más dolencias y ya el doctor Antonio no tenía que equilibrarla con los brazos, pues se había acostumbrado al paso y balanceo del caballo. Camilo y Rosario se habían convertido en muy buenos amigos. Leonora y Manmón gustaban de conversar pues el millonario amante de los animales lo era también de la buena música, de los asados y de la charla. Libertad era amable con todos, pero no tenía un trato especial con nadie en particular, había quedado muy afectada después de la muerte del pistolero y parecía guardar algún resentimiento por el asunto. El bebé disfrutaba de todo el cuidado de Alma Virgen y Rosario, así como de Moreno, quien era al parecer el más feliz de todos nosotros. Yo me desenvolvía como el cazador del grupo dada mi pericia con el rifle y en mis ratos libres llevaba mi cuaderno de notas. De tarde en tarde pensaba en mi esposa, en mis hijos y nietos. Nunca pensé en mi trabajo, quizás porque he tenido muchos y ninguno me ha gustado. Mi profesión es «toero», que es el que hace de todo un poco.

Cuando Manmón supo que Alma Virgen había perdido con su padre a todo lo que de familia tenía, le dijo que la iba a adoptar. Si este buen hombre hubiera podido nos habría llevado a todos a su hacienda ganadera en Argentina. A él le sobraba lo que muchos de nosotros no teníamos: dinero.

Manmón no nació rico. De joven había emigrado a Venezuela buscando otros aires y explorando nuevos horizontes obligado por la pobreza. Allí comenzó de simple obrero en la industria petrolera. Comenzando como aprendiz en una de las tantas brigadas de montaje en los pozos de petróleo se hizo soldador, pailero, hojalatero y mecánico montador. No le temía a la altura y ganaba mucho más trabajando de día y de noche. Descansaba solo las ocho horas de sueño que a veces se convertían en cinco.

Mientras sus compañeros bebían y gastaban su dinero en el juego o en las mujeres, él trabajaba y estudiaba cursos de mecánica y otras materias afines. Llegó a conocer tanto del petróleo que adquirió también sus mañas y vicios. Aprendió cómo enviar dinero hacia los Estados Unidos e invertirlo en negocios de poca monta primero y después en otros de mayor envergadura. Más tarde se dedicó a importar a Venezuela tractores, camiones y maquinaria en general procedente de ese país. Venezuela, rica, compraba todo, permitiéndole a algunos como Manmón hacerse ricos mientras el país se empobrecía. Él no había iniciado ese desorden pero se beneficiaba de él.

Un día compró un molino de piedra que desmanteló y fletó para el gigante sudamericano. Fue su mayor golpe de suerte. Con Venezuela y el petróleo se hacían maravillas y a menudo se le oía decir:

—Antes que Venezuela se hunda yo me hago millonario.

Y lo logró. Llegó a tener edificios en Norteamérica de los que nadie conocía el dueño ni quiénes lo administraban. Pero él sí sabía cuándo debía llegarle el dinero de los alquileres. Supo retirarse en el momento oportuno liquidando poco a poco todos los negocios aunque aún quedaba mucha miel en el panal.

Como tenía el gaucho adentro regresó a la Argentina. Compró tierras, se hizo de ganado e incursionó en la industria con una pericia sin rival y con paciencia asiática. Se casó y era feliz: era amado y amaba.

Un día el cáncer tocó a su puerta y se llevó a su esposa. Se tiró a morir, estuvo días sin comer ni beber. Pasado el primer dolor decidió vivir y se afirmó con tenacidad suicida al trabajo. Como la ostra perlera, que forma la perla cuando tiene una pena dentro, así Manmón envolvió su pena en billetes de banco y en oro, plata, tierras, ganados e industria. Y en la cima de su prosperidad, ese rey Midas, ahora caminaba perdido por la selva amazónica.

Hacía una hora que se había decidido acampar pero no encontrábamos un lugar apropiado. Al fin escuchamos la voz de ¡Acampada! y el Eco nos lo confirmó. Instalamos el campamento y al poco salimos Cipriano y yo por carne, regresando dos horas después con una gran cantidad de aves que nos bastaron para la cena.

Nuestras comidas eran irregulares pues la primera era de leche y la siguiente de lo que apareciera. Al segundo día pudimos matar dos lechones de pecarí y se cocieron unos pocos pescados que capturamos en el arroyo para Isaac y Mozaffar. Era Manmón quién asaba las piezas después que Cipriano las carneaba. Ya Camilo comenzaba a entrenarse en el oficio de carnicero.

El cuarto día fue de fiesta. Matamos un gran ciervo y tendríamos carne abundante para varios días. Nuestro sistema de caza era muy simple: apostarnos cerca de la corriente de agua y esperar. La perra la llevábamos cuando íbamos tras las aves, pero si buscábamos caza mayor la dejábamos en el campamento pues espantaba a los animales.

En los cinco días de marcha de nuestra segunda semana recorrimos unos 130 kilómetros. Nuestros estómagos estaban llenos y había abundante carne asada. Cada vez se hacía más densa la vegetación y ya estábamos en pura selva amazónica. Presentíamos la aparición de un río pues el declive se acentuaba y el arroyuelo corría a mayor velocidad.

El encuentro

A las nueve de la mañana del sexto día divisamos por entre callejones la ribera de un río, al parecer de consideración. La columna de humo que ascendía de la orilla nos aseguraba el encuentro con seres de nuestra especie. ¿Serían aborígenes? Estábamos aún como a un kilómetro de distancia cuando se escuchó la voz de alto.

Todos los hombres nos reunimos al pie de un árbol. La posibilidad de salvación estaba a corta distancia. Sabíamos que había cientos de tribus indígenas en la selva amazónica, algunas de ellas con muy mal concepto del hombre blanco.

Convenimos en ser muy prudentes. Cipriano y yo llevábamos precavidamente las Mágnum en la cintura, fajadas al cinto y encubiertas por la camisa. No nos preocupaban los naturales dado el caso que de ellos se tratara. Temíamos a los mal afamados garimpeiros. ¿Y si encontrábamos un bungaló para turistas? La ansiedad nos carcomía el alma y solo nos restaba avanzar con mucha prudencia.

Tropezamos con un río de ancho cauce que corría tranquilo. Amarrada a la orilla estaba una canoa de unos cinco metros de largo que había sido tallada de un tronco de árbol. Una hoguera mortecina calentaba la marmita que colgaba de un trípode de hierro. Cuando todos estuvimos juntos buscamos con la vista los moradores del lugar y no apareciendo ninguno decidimos esperar, dando por seguro que era gente civilizada que por alguna razón se encontraba allí.

La marmita y el trípode así nos lo indicaban.

Estábamos en nuestras cavilaciones cuando de la espesura salieron dos individuos que traían a una aborigen semidesnuda, atadas las muñecas a una cuerda por la que era conducida. La amarraron a un pequeño árbol que crecía en la ribera.

Los hombres llevaban barba y eran de tez blanca curtida a la intemperie. Cada uno tenía un pañuelo amarrado a la cabeza y traían fusiles y machetes a la cintura.

—Buenos días —los saludó Cipriano.

—¿De dónde salieron ustedes? —dijo uno sin hacer caso del saludo.

—Somos los sobrevivientes de un accidente aéreo. ¿Han escuchado ustedes algo de un desastre de aviación recientemente?

—Hace años que no oímos nada de lo que pasa allá afuera. No nos interesa. Solo buscamos oro. ¡Pero ustedes sí que traen una gran fortuna con el hembraje que tienen! Estas mujeres aquí valen más que el dinero. ¡Y carne de vaca y de caballo! ¡Estamos cansados de venado, pescado y pecarí! Y estas «indias» no huelen bien...

—Señor, no creo entenderlo muy bien pero... díganos al menos dónde estamos. Ayúdenos a salir de aquí y se les pagará generosamente.

—De poco les va a servir saber que este es el río Parus y que estamos a 400 kilómetros del río Amazonas. Nosotros somos buscados allá afuera y nuestra vida está en estos parajes, donde también va a terminar la de ustedes —dijo añadiendo con sorna.

La mujer cautiva comenzó a gritar alzando las manos atadas. El otro hombre se precipitó sobre ella y le asestó un fuerte puñetazo en la boca de donde comenzó a manar abundante la sangre.

—¡Puta yanomami! Yo te voy a enseñar.

Cuando dos hombres se entienden no hacen falta palabras. Cipriano me señaló uno de ellos con un gesto de labios. Ya sabía quién era mi hombre y que era piel por piel.

Es un gran error subestimar al enemigo. Nosotros, aunque numerosos, les parecíamos un rebaño de corderos. Estaban en su elemento, fuertemente armados y éramos, a su parecer, como una bandada de codornices asustadas por los ladridos de la jauría.

—¡Todos a tierra! —voceó uno de ellos—. ¡Mateo, amárralos!

Se habían puesto a distancia de unos tres metros del grupo esperando a que obedeciéramos mientras nos apuntaban con sus carabinas.

—Señores, seguro nos podemos entender. Aquí viajan personas importantes y si nos ayudan ganarán más que si nos retienen.

—¡Imbécil! Nosotros somos gente importante en Bolivia y si ustedes nos ayudan allá nos van a freír —respondió con ironía.

La aborigen trataba de articular algunas palabras incomprensibles y nos daba la impresión de que intentaba atraer la atención sobre ella. No tendríamos una segunda oportunidad. Cuando el instinto movió a los malhechores a mirar en su dirección abrimos fuego.

Le disparé dos veces en el pecho dentro de un diámetro del tamaño de una naranja. El blanco de Cipriano recibió un balazo en el cuello y otro en el estómago cayendo al suelo aún con vida. La mujer yacía desplomada en tierra, desmayada. El herido expiró minutos después.

—¡Cocina! —gritó Cipriano—. Despojen los cadáveres de todo lo que pueda sernos útil y llévenlos en el caballo selva adentro.

Terminada la tarea Moreno bañó al ensangrentado caballo en la playa de unos quince metros de longitud y en la que corrían aguas mansas pero turbias.

Avivamos la hoguera y calentamos el caldero rebosante de agua hasta una temperatura soportable para el cuerpo. Todavía nos quedaba alguna pastilla de jabón y las mujeres dieron un buen baño a la joven que, sin protestar, aceptaba todo lo que le hacían. Al acostarla sobre la lona el médico la examinó. Tenía varios hematomas en el cuerpo y el pezón de uno de sus senos estaba desgarrado. También presentaba un corte no muy profundo de unos cinco centímetros de largo en el estómago y ardía en fiebre. Se desinfectaron y suturaron todas las heridas y se le comenzó a tratar con antibióticos. Laura le inyectó un fármaco indicado por el doctor y se le suministraron píldoras antinflamatorias y analgésicas. Las mujeres le hicieron una falda de lona, pues suponíamos que era la única prenda que usaban los yanomamis.

A las cinco de la tarde comimos en silencio. A la enferma se le dio leche y caldo, pues la carne, con lo dañado de la boca, no la podía masticar. Al anochecer fue donde el sacerdote, tomó el crucifijo y lo besó. El cura se echó a llorar.

Los fusiles de los muertos no estaban cargados y de haberlo sabido hubiéramos evitado tal desenlace. Libertad nos miraba con espanto pues era contraria a la violencia. Nosotros también, pero nos había puesto el destino por custodios y ley. Aun el sacerdote Ramón y la monja Rosario comprendían que no había otra alternativa. Aunque el cura rezó por las almas de los muertos, creo que los quería mejor en el más allá que en nuestra heterogénea y ortodoxa comunidad. Tiramos los fusiles al río y solo conservamos los cuchillos y machetes, así como los avíos de pesca y otros enseres que había en la canoa. Los muertos no tenían identificación alguna y solo por lo poco que ellos dijeron los suponíamos bolivianos.

Acampamos en aquel lugar varios días. La joven indígena se recuperó completamente y se comunicaba a medias con Cipriano. Este, habiendo atendido misiones en áreas rurales, conocía algunas frases de su idioma y ella algunas en español. Y parte por palabras, parte por gestos, supimos que había sido raptada por los garimpeiros cuando atendía un pequeño conuco. Era la hija del cacique de una tribu cercana y estaba casada y tenía dos niños pequeños. Su pueblo era el yanomami y en su aldea vivía un hombre blanco hacía más de un año que tenía un talismán igual al del sacerdote Ramón. Se acordó que ella, el sacerdote, Voltaire y Manmón irían en la canoa río abajo a encontrar a su pueblo que vivía en la ribera y que seguramente la daban por desaparecida. Vendrían con ayuda. Según la mujer estaban a dos días de viaje por agua. Tomado este acuerdo partieron una hermosa mañana ya en el mes de enero, dejándonos con el corazón lastimado por la separación de los tres entrañables amigos y la mujer, a la que ya también queríamos.

Solo habíamos convivido unas escasas semanas con el sacerdote Ramón, el ateo Voltaire y el millonario Manmón. Y aunque tan diferentes en credo, filosofía y posición económica, divididos por la geografía y solamente unidos por la hermosa lengua de Castilla, había en nosotros, los que nos quedamos en la playa, tal desazón de alma y apocamiento de espíritu que podría decirse que más que esperanzados estábamos de luto. El vínculo del amor es más fuerte que el del odio. Habíamos matado hombres que no odiábamos pero que habían hecho peligrar la integridad de nuestro grupo.

Pasamos la semana pescando y comiendo boniatos hervidos que la mujer yanomami nos enseñó dónde crecían silvestres. Con sólo escarbar un poco sacábamos lo suficiente para nosotros y para nuestros animales. También hallamos plátanos y frutas cerca del campamento. El ánimo comenzó a subir y solo la andaluza Libertad se mostraba taciturna y fosca.

Los yanomamis

Regresaron luego de siete días en tres canoas. En dos de ellas venían dos hombres con minúsculos atuendos que cubrían solamente sus partes pudendas y dejaban los glúteos al descubierto. El rostro pintado de negro y rojo y con collares, aretes y adornos hechos con plumas. El cabello lacio y negro, la piel cobriza y los ojos del mongol, de mediana estatura y labios carnosos, fuertes y esbeltos. En la tercera canoa venía uno de los nativos, acompañado por un hombre blanco que traía un cordón de algodón atado al cuello y rematado por una pulida cruz de madera. Era el misionero. Los nativos venían armados con arcos y flechas de los que se servían tanto para la caza como para la defensa. Encallaron las canoas en la playa y descendieron.

El misionero se acercó a nosotros con los brazos abiertos y a todos nos apretó con sincera efusión. Era el hermano Federico, jesuita asentado en una tribu de los yanomamis con la cual había convivido un año y seis meses. Era robusto, de unos treinta años y de nacionalidad española. Trabajaba como lingüista tratando de llevar a la palabra impresa uno de los tantos dialectos de los yanomamis. Era muy querido y respetado por la comunidad en que vivía, según nos contó, y en donde se nos esperaba a son de «bombo y platillo» por haber rescatado a la joven a quien todos daban por muerta. Nos explicó que no habían venido antes porque una partida de hombres entre los que estaban el jefe de la tribu y el marido de la mujer estaba buscando a los secuestradores, pero que una vez que conocieron la buena nueva vinieron sin dilación en nuestra búsqueda. Los yanomamis quisieron ir donde los muertos y lo hicieron sin necesidad de guía, pues el hedor de los cadáveres fue indicándoles el camino a estos inigualables rastreadores de la selva.

Pasamos el resto del día muy animados y satisfechos con las provisiones que teníamos y con las que ellos trajeron. No acostumbran los yanomamis a andar con víveres pues de estos se proveen en el camino. Pero el buen hermano Federico les explicó que los hombres de la ciudad no eran tan fuertes como ellos y dependían más del avituallamiento. Además, les había hablado del accidente que habíamos sufrido. Ellos conocían los aviones de verlos volar, y cerca de su aldea había un pequeño terreno en donde cada cierto tiempo aterrizaba un helicóptero de la misión que los proveía de útiles tan necesarios como hachas, cuchillos y avíos de pesca. Utilizaban los medicamentos que les daba Federico, pero solo con la aprobación del chamán, a quien Federico estaba subordinado. Tendría que demostrar su sabiduría con el tiempo, pues solo al hombre sabio obedecen los yanomamis y no aceptan nada por la fuerza.

Partimos en la mañana del día siguiente. Cipriano y Mozaffar irían por los senderos de la selva con los animales junto al hermano Federico y dos yanomamis, puesto que, exceptuando a la perra, la vaca y el caballo no podían ser embarcados. Aunque ya nos sentíamos salvados y no deberíamos necesitarlos, no queríamos abandonarlos, pues dejarlos en libertad sería entregarlos a una muerte segura.

Navegábamos en fila. En la primera embarcación iba un natural de la región sentado en la proa, como en las restantes; detrás suyo le seguían Laura, el doctor, Consuelo, y en la popa Isaac. En la segunda canoa estaban Leonora, Alma Virgen con el bebé y Rosario junto a Camilo que iba de último. La última canoa era la que menos pasajeros llevaba: la cantaora Libertad, Ángel Moreno y en la popa yo.

Los barcos se deslizaban por las tranquilas aguas. El río tenía poca profundidad pues no era tiempo de lluvia y la corriente misma nos hacía desplazar sin tener que remar, solo nos ayudábamos de unas largas pértigas de cinco metros de largo con las que dirigíamos las naves.

Después de treinta horas de apacible viaje y de tres o cuatro paradas desembarcamos en la orilla norte, como a las dos de la tarde. Una horda de niños semidesnudos vino a nuestro encuentro. También corrió hacia nosotros el cura Ramón recibiéndonos amistosamente a todos con una sonrisa de oreja a oreja.

—¡Llegaron al Paraíso! —nos dijo—. Vengan. Los están esperando.

Las edificaciones de la aldea estaban situadas en forma circular alrededor de un vasto espacio interior. Las chozas cónicas estaban construidas sobre pilotes. Las había pequeñas, como para una sola familia, y mucho más grandes donde al parecer vivían varias familias o una muy numerosa. El jefe de la tribu era considerado el hombre más sabio, seguido del pajé o médico brujo. La mujer raptada se llamaba Napeyoma y vestía ahora solo un pequeño delantal de algodón. Su padre era el jefe Javari y su marido el valiente guerrero Waika. Todos estaban profusamente pintados del rojo de la bija y de una sustancia negra que nos era desconocida. Estaban ataviados con collares, pendientes y plumas de pájaros de vistosos colores que presumí serían cotorras. Nos hablaron en una lengua incomprensible que nos tradujo un huesudo hombrecito que conocía perfectamente el español y que era el intérprete del hermano Francisco.

Están los yanomamis dispersos en una extensa región de la Amazonía, y no es de extrañar que algunos hayan incursionado en la geografía del hombre de la ciudad y aprendido su lengua. Nuestro traductor había sido bautizado por el misionero con el nombre de Andrés, y ya hablaba el español cuando el hermano Federico lo conoció.

Después de haber visto la vida primitiva de estos hombres me niego a llamar civilización a mi mundo y salvaje al mundo de ellos. Si hoy me encuentro escribiendo este relato desde un lugar más cómodo y moderno, es porque la fuerza del cariño a mi familia me arrancó del mundo simple y tranquilo de estos antiguos y amables habitantes de la selva. Solo es de lamentar el desamparo en que se encuentran estos seres frente a la administración de los gobernantes de sus países quienes, en sentido general, no velan por su patrimonio. Su hábitat se ha visto devastado por intereses mercantilistas que abogan desmedidamente por las riquezas, en detrimento de aquellos que, sin tener nada, son en realidad los dueños del medio que los sustenta y en el que viven, porque el hombre es el dueño legal en su corto tránsito por la vida del medio que le provee. ¡Que Dios nos libre de invadir la propiedad ajena! O que a modo de excusa simplista expropiemos a aquellos que la supieron cuidar y hacer producir para beneficio de ellos y de la comunidad. Hay ricos por depredación y hay ricos por laboriosidad.

He conocido pocos hombres con riquezas teniendo en cuenta que vivo en Bacu en donde para amasarlas hay que ser extranjero. Conocí al millonario Manmón. Tierno como una nodriza y activo como una abeja, desprendido como un santo y sin un pelo de sibarita. Era solo un trabajador visionario y emprendedor, amado por todos los que le rodeaban. Manmón no le robó sus bienes a nadie sino que creó riquezas y fuente de trabajo para muchos. Cuando Manmón muera dejará cientos de empleos y todo su dinero, todo lo que hizo; solo podrá decir con el poeta al sentir el advenimiento de la muerte: «¡Oh!, cuánto me duele dejar lo que he amado».

Me sería tarea imposible transcribir términos de la lengua yanomami, para lo cual no tengo la capacidad ni la intención. Todos los diálogos relatados obedecen a una traducción del prosélito Andrés o del hermano Federico.

–Padre –dijo Napeyoma–, estos son los hombres que me salvaron de los malvados garimpeiros, me curaron y me hicieron volver a ti. Querido esposo Waika, si he vuelto a tu lado y al de mis hijos se lo debo a la bondad de Dios y al valor de estos hombres.

–Mi corazón está abierto para ustedes –dijo el jefe Javari dirigiéndose a los rescatadores–. Mi casa será la suya y aquí pasarán todo el tiempo que ustedes deseen.

–Estaremos siempre en deuda con ustedes –agradeció Waika–. Es más que conocido que todos los blancos no son malos como tampoco son buenos todos los yanomamis. El jefe Javari ha preparado lugar para todos ustedes, sabemos que quieren volver a su tierra y eso se va a lograr pronto, pero ahora necesitan reponer fuerzas para poder continuar su viaje.

Les expresamos nuestro agradecimiento y conversamos un poco con la necesaria molestia de tener que usar un traductor. Pronto fuimos instalados con esmerada solicitud en una casa espaciosa con suficiente sitio para toda nuestra comitiva. Teníamos fe en que la estancia en ese lugar sería breve. Afuera de la choza los habitantes de la aldea esperaban ansiosos la llegada de nuestros animales, pues Napeyoma les había hablado de estos y de la sabrosa leche que había tomado de la vaca cuando estaba herida y convaleciente.

La gente que había hecho el viaje por tierra llegó sin dificultad al cabo de dos días. Estaban en la otra orilla y tenían que atravesar el río. Los hombres lo cruzaron en una canoa junto al ternero que era pequeño. La vaca se echó al agua apenas escuchó berrear con desconsuelo a su cría en la ribera opuesta y alcanzó la playa sin dificultad. Cipriano, deslizándose por la grupa del caballo, se agarró a su cola y atravesó el río a nado con el animal. Si para los yanomamis el encuentro con nuestro primer grupo fue una sorpresa feliz, esta vez fue superior pues estaban muy entusiasmados con los animales a quien solo Andrés, el prosélito del hermano Federico, conocía.

Estuvimos dos días haraganeando en los cuales ambas culturas se mezclaban y curioseaban. La vaca no daba leche para todos pero poco a poco los cincuenta miembros de la aldea llegaron a probarla. Ya no dependíamos de la leche para nuestra subsistencia pues había abundancia de alimentos disponible para nosotros. Plátanos, ñames y otras muchas raíces así como gran número de frutas. Abundaba también la carne de pecarí y de paca cocida en vasijas de barro, este último un roedor de unos diez o doce quilos de peso y de carne exquisita. Mozaffar e Isaac tendrían que contentarse con pescado, vegetales y leche ya que no comían de las demás carnes.

Los aborígenes andaban prácticamente desnudos. El clima, caluroso y húmedo, así lo exigía. Les gustaba tomar numerosos baños en la playa y muy pronto nosotros también nos acostumbramos a bañarnos en el río por puro placer. De nuestros pantalones uno se había convertido en traje de baño y las mujeres, además de los pantalones, se bañaban con unas camisas sin mangas.

Los naturales tenían pequeñas parcelas de cultivo y Cipriano orientó que fuéramos a trabajar con ellos. Mozaffar y Moreno se quedaban a cargo de los animales de soga pues la perra vagabundeaba junto a los perros del caserío. La anciana Consuelo, completamente aliviada, reposaba en la vivienda, y Alma Virgen jugaba con los muchachos de su edad que le habían pintado su bello rostro y ataviado con plumas, pendientes y collares que la divertían mucho. Nuestro cura andaba muy entusiasmado con el hermano Federico y su obra entre los nativos, mientras Manmón se servía de las matemáticas y diseñaba un plan para ayudar en un futuro a la comunidad indígena que nos había acogido. Yo me iba con las partidas de caza y hacía blanco fácil y seguro con mi rifle a cincuenta metros, asunto que ellos advirtieron prontamente, por lo que empezaron a usarme con preferencia al arco y la flecha. Cuando me pidieron que matara algunos monos les hice un ademán de desagrado, pues aunque son animales de buen comer para ellos yo no disfrutaba matándolos. ¿Por qué sacrificar animalitos que me eran simpáticos? Bien podríamos pasárnosla sin ellos. En realidad no me gustaba darle muerte a ningún ser vivo, ni siquiera aquellos que eran mi alimento. Pero si fuera imprescindible solucionar tal asunto alimentario la razón debería sobreponerse al sentimiento.

Llevábamos quince días en la aldea y ya habían transcurrido cincuenta desde el siniestro. Eran los primeros días del mes de febrero. El hermano Federico tenía una pequeña planta de radio que estaba averiada, y nos encontrábamos a cuatrocientos kilómetros distantes del Amazonas del que nuestro río era un importante afluente. Las oficinas centrales que atendían el trabajo del hermano Federico estaban en Manaos, de dónde venía un helicóptero cada tres meses. Sin medios para comunicarnos y bien distantes, aunque ardíamos en deseos de alcanzar nuestro mundo, no teníamos otra alternativa que esperar las dos semanas que restaban para que el aparato llegara. Mientras tanto, nos ocupábamos en la mejor manera posible, cada cual en su posición de servicio. No éramos carga para los nativos pues nuestro trabajo y mi rifle nos sostenían, además de compartir la leche que producía la vaca. Aprendimos a disfrutar el encanto del encuentro y a estrechar lazos en una asimilación recíproca de nuestras identidades.

La parte no fusionada a nuestro grupo era Libertad. Cada uno de nosotros tenía su poco de dolor pero el de ella no había desaparecido ni disminuido ni siquiera un poco. En ella el amor a la vida era enfermizo. La ausencia precoz del hombre amado hizo reo a todo el mundo, más aún a Cipriano y a mí que cargábamos muertes.

Fue un día aciago aquel en que llegamos de una incursión río arriba el doctor Antonio, el hermano Federico, Cipriano y yo junto a dos yanomamis, y nos encontramos con la triste noticia de que Libertad había partido con dos comerciantes del río. Estos hombres se mueven en un comercio de trueque que es en extremo sustancioso para ellos. Mercan con sal y baratijas por elementos mucho más valiosos. Le prometieron llevarla en cuatro días a una hacienda con salida al exterior y Libertad, que era una mujer con bastante solvencia económica, convino en pagar a los mercaderes, bajo palabra, nada más que tuviera acceso a sus rentas. De los nuestros que estaban en la aldea ninguno la pudo disuadir. Interrogado, esto fue lo que dijo el jefe Javari:

—El pueblo yanomami no gobierna por imposición. Se le aconsejó que no se fuera con ellos. Ella quiso marcharse. Es libre.

—¿Quiénes eran esos hombres? —preguntó Cipriano.

—Como casi todos los blancos que vienen a estas tierras. Ustedes están aquí por otras razones.

—¡Andrés! ¿Hay modo de alcanzarlos?

—Puede que sí. Ellos tienen que vencer una gran curvatura del río y su canoa va cargada. Su próximo campamento será en una mina abandonada. Conozco un sendero en la selva por donde llegaríamos primero que ellos.

—¿Se puede ir a caballo?

–Sí. El sendero es ancho.

–Filomeno –me dijo–. Quedas al frente del grupo. Si no regreso ocúpate de todo y te encarezco que protejas al kurdo. Que Manmón se lo lleve con él.

Cipriano era sensible al sufrimiento ajeno. Aunque no lo demostraba abiertamente sentía especial apego por el kurdo. Según me contó se debía a que en una ocasión había visto en un noticiero a uno de sus líderes más importantes esposado, vendados los ojos, haciendo trasbordo de un barco a otro en alta mar. El hombre sin visión y con paso inseguro lo había impresionado grandemente. «Era un prófugo», me dijo, «todo ser que huye es un desgraciado, fue delatado y capturado por los turcos. Ya en Turquía lo condenaron a muerte pero aún no lo han ejecutado, no sé si le conmutaron la sentencia por una prisión perpetua». No olvidó nunca a aquel hombre en la zozobra de su vida y en la inseguridad del mar. «Dicen que ponía bombas, que era un terrorista, pero nadie nace terrorista». Cipriano decía que las guerras las gana quien es más capaz de amedrentar. Las llamadas armas disuasivas son armas de terror que tienen licencia de corso.

Yo sabía que Cipriano no disparaba bien y nunca me avine a corregirlo. Le di el rifle y recargué su mágnum con las cápsulas que quedaban en la mía. Llevaba el tambor lleno.

–Recuerda –le dije–. Un hombre es inocente hasta que se demuestre lo contrario.

Fue un mal consejo para la ocasión porque él no iba a un juicio.

–Ese rifle dispara alto –le aclaré–. Elige primero un punto del tamaño de un garbanzo y después apunta dos pulgadas más abajo. Aguanta la respiración y ve apretando el gatillo lentamente hasta que te sorprenda el disparo. No olvides buscar un buen punto de apoyo.

Dicho esto nos abrazamos.

–¿Crees que vale la pena? –le pregunté.

–Hay cosas con las que no se puede vivir –me dijo–. No

157

puedo dejarla a su suerte.

—¿Recuerdas el sermón del cura y la oveja perdida?

Asintió y montaron en pelo. Siempre he sido precavido. Nací en Bacu porque no pude evitarlo.

—Jefe Javari, ¿conocen ustedes el camino a la mina?

—Lo conocemos.

—Quiero pedirte dos hombres y al pajé.

—Si ellos están de acuerdo pueden ir.

Al pajé le dije que podía necesitar su medicina, que el doctor Antonio era buen médico en la ciudad pero que nada sabía en la selva. Esto lo halagó mucho y se fue a preparar su morral. Media hora después salíamos de la aldea. Al frente del grupo se quedaba el doctor Antonio.

De la aldea a la mina había tres horas de canoa río abajo, pero nosotros haríamos la trayectoria en un tiempo un poco menor. Eran las cuatro de la tarde cuando salimos, una hora después que Cipriano. De una forma u otra nos retardamos un poco y empezaba a anochecer cuando llegamos a la mina. El pajé, que estuvo recogiendo hojas durante todo el camino, se quedó junto a mí a unos cincuenta metros del yacimiento. Los yanomamis que nos acompañaban fueron los primeros en acercarse y unos minutos después nos llamaron a gritos.

En el campamento dimos con los nuestros. Cipriano yacía acostado, inconsciente y ensangrentado el pecho, a escasa distancia de los comerciantes que estaban muertos y erizados de flechas.

Aunque semidesnuda, Libertad presionaba con su mano la herida de Cipriano. La que antes había sido una mujer bella era ahora el espectro mismo de la desolación. Su sangre se confundía con la de Cipriano y el lodo y la mugre cubrían su cuerpo marchito. Era como si el tormento de Napeyoma hubiera alcanzado a Libertad. ¡Coincidencia fatal! La miseria que vemos en otros no está lejos de alcanzarnos algún día.

Andrés nos dijo:

–No sabemos cuándo se va a morir, pero creo que le falta poco. Pensé dejarlo al resguardo de la hoguera que poco podrá hacer contra las fieras de la noche, e ir a buscar gente para llevarnos de seguro un cadáver.

El pajé examinó a Cipriano y ordenó que lo desnudaran y avivaran la hoguera. Libertad, pálida y temblorosa, gritaba histérica:

–¡Yo soy la culpable!

–Las culpas no caen al suelo, hija –le dije–. Vamos a ver cómo salimos de esta. ¡Pajé! Diga qué es lo que hay que hacer.

La bala lo había pasado de parte a parte, atravesando el pulmón derecho justo debajo de la tetilla. El chamán fajó la herida y le puso un manojo de hojas en el orificio de entrada y otro en el de salida. Habló con los guerreros y en breve tiempo construyeron una rústica parihuela en donde pusimos a Cipriano. El chamán abrió la marcha y los yanomamis le seguían detrás llevando a Cipriano. Libertad a las riendas y yo en la grupa con Andrés a nuestro lado. ¡Bien hice en traer al hechicero! En este caso el doctor Antonio habría sido de tanta utilidad como yo.

Según supimos luego Cipriano había llegado con media hora de anticipación a la mina y, después de amarrar su caballo, se había apostado a distancia de tiro del área en donde se suponía que acamparían Libertad y los hombres.

Vieron encallar la canoa y a Libertad que corría al bajar a tierra. La pobre mujer nunca había escuchado las monstruosidades y aberraciones que le dijeron esos hombres, y a poco de embarcada supo que había cometido el mayor error de su vida. En la trayectoria fue palpada, burlada y escarnecida. Sabía que en tierra le esperaba la violación y se acordaba mucho de la pobre joven yanomami.

Aunque corrió la alcanzaron. Golpeada y desnuda fue amarrada a un árbol. Cipriano seguía con el punto de mira del rifle todos los movimientos, y Andrés, con su arco y sus flechas untadas del venenoso curare, esperaba la iniciativa de Cipriano que no llegaba.

Los hombres clavaron cuatro estacas en la tierra y allí amarraron a Libertad que gritaba enloquecida. Cipriano apuntó a la mandíbula de uno de los secuestradores, dos pulgadas por debajo de la sien, mientras el otro, lascivo, se desvestía. Era un tiro perfecto y estaba apoyado. Pero cuando estaba a punto de disparar se irguió intempestivamente y disparó al aire. Avanzó, encañonándolos con la mágnum. Era evidente que los extraños, uno de ellos desnudo, no entendieron sus palabras porque les hablaba en portugués.

—¡A la canoa! ¡Y lárguense de aquí! —Andrés les tradujo con el arco tensado.

En un principio se creyeron rodeados y permitieron acercarse a Cipriano y a Andrés, pero al darse cuenta que uno era un aborígen esmirriado y el otro un hombre sin carácter que teniéndolos a tiro no disparaba, el hombre que estaba desnudo tomó un viejo fusil Máuser de repetición de su compañero y se lo cargó al hombro haciendo fuego. Cipriano respondió sin hacer blanco, y cuando su enemigo volvía el fusil hacia Andrés una flecha le atravesó el cuello. El poderoso curare lo paralizó casi instantáneamente. Su cómplice recibió dos flechazos en la espalda cuando corría hacia las armas. Después de clavarles dos dardos más a cada uno, Andrés fue donde ellos y los remató con sendas puñaladas en el pecho.

Cipriano se incorporó a medias con la sangre emanándole del tórax. El proyectil del máuser lo había atravesado y, aunque se le ha llamado la bala piadosa por no causar muchos destrozos, no se sabía cuál sería su suerte.

—Me asfixio —balbuceó.

Andrés lo arrastró hasta un árbol donde lo recostó.

—Desátala —dijo, mirando a Libertad—, y vayan a la aldea en busca de ayuda.

Andrés liberó a la pobre mujer quien se vistió de prisa y corrió hasta Cipriano. Se apretó a su pecho llorando.

—Perdóname —le dijo.

—Nada tengo que perdonarte.

—Morirás por mi culpa.

—Para cada ser humano hay una muerte.

—¡Ve a buscar ayuda! —dijo, volviéndose a Andrés—. Yo me quedo con él. ¡Rápido!

—No hay tiempo —respondió este—. No quiero que muera solo. No es bueno que un guerrero muera solo.

Y dirigiéndose a Cipriano:

—Comeremos tus huesos y vivirás en nosotros. Estate tranquilo. Pronto estarás en los terrenos de caza.

Los yanomamis incineran los cadáveres de sus difuntos y después ingieren las cenizas de los huesos calcinados y majados en un pilón.

Ya sabiendo la historia y sin nada más que hacer nos enrumbamos hacia la aldea y llegamos al amanecer. Entraron la parihuela en la choza del chamán. Milagrosamente, Cipriano estaba aún con vida.

Di cuentas a nuestro grupo de todo lo acaecido, y cuando le conté al doctor Antonio la herida de bala que tenía Cipriano en uno de sus pulmones nos dijo:

—Tiene un pulmón colapsado, a más de todo lo que pueda haber. Es un neumotórax y aquí es imposible rehabilitarlo. Cipriano va a morir.

—¡No! —dijo la monja Rosario—. Dios es el dueño de la vida y de la muerte. Si Él así lo dispone, morirá; y si quiere que viva, vivirá.

—¡Eso es fe! —dijo el cura Antonio.

—Yo no creo en los milagros —respondió el doctor—. Pero nunca más que ahora los deseo.

—¡A Dios orando y con el mazo dando! —dijo Ángel Moreno—. Vaya usted a asistirlo.

—Escucha Moreno, yo soy un médico con muy poca experiencia en ese campo. El chamán tiene una cultura milenaria, mejor lo dejas en la choza con el brujo. La historia solo enseña que esta se repite. Alejandro el macedonio, hijo de

Filipo, fue herido por una flecha que le perforó un pulmón y sobrevivió al trauma. ¿Quién sabe?

–Ángel Moreno, el chamán no comparte su gloria. No permitirá que nadie lo ayude. No nos queda otro recurso que esperar –añadió el hermano Federico.

Me acerqué a la pared de la choza del pajé sigilosamente y me senté al acecho. Junto a mí se puso Andrés, que era como un niño grande y nos pusimos a escuchar. Primero escuchamos un silbido tras otro, después una especie de bsi, bsi, bsi que se hacía interminable. Le siguieron más tarde todos los sonidos de la selva amazónica que el curandero ejecutaba con maestría. Andrés y yo mirábamos por una hendija cada uno. El chamán dio un grito y cayó como muerto.

–Está viajando a la tierra de los muertos para traer el espíritu del difunto –me dijo Andrés en un susurro y se marchó, pues le sobrecogió el temor.

El chamán estuvo hasta el mediodía sin salir de la choza a la cual el doctor Antonio llamaba «Terapia Intensiva». Aún en los momentos más críticos el dominicano no perdía su buen humor. Era, según decía, porque «tenía el negro detrás de las orejas». Este es un dicho de la picaresca dominicana que insinúa que todos los dominicanos tienen mestizaje con el tronco negroide. Finalmente salió el chamán, adusto, y se internó en la espesura. Andrés y yo le seguimos. Recolectó el jugo blancuzco de un gigantesco helecho que según Andrés era para curar heridas profundas. Mi acompañante, como todos los naturales, era medio curandero, solo que sin la vocación chamánica. Cuando él regresaba se detuvo y nos miró.

–Nos está invitando a seguirle –me aclaró Andrés y entramos a la choza.

Estaba Cipriano de lado sobre el pulmón herido que drenaba plasma y sangre por los agujeros. Del hueco del pecho emergía una varita de caña brava que estaba adosada a una güira pequeña, negra y seca que hacía función de embudo según pude entender. El chamán vertió el líquido lechoso en la güira y cada cinco minutos aproximadamente extraía dos centímetros de varilla. A la media hora había sacado por completo el artefacto y hube de comprobar, incrédulo, que la longitud del mismo era de unos diez centímetros.

En el interior de la choza unas hojas verdes se tostaban sobre un brasero, manteniendo la habitación sahumada. Poco después llegó calladamente Napeyoma con un mejunje que dieron al enfermo con una cuchara de madera. Napeyoma era la asistente del pajé que a la vez era su tío. Le habían puesto a Cipriano el típico taparrabo yanomami y su cara estaba pintada con puntos negros y rojos que formaban círculos y cruces, también lucía plumas vistosas y collares de semillas. La medicina del chamán no era buena para otros hombres que no fueran de su raza, así que habían hecho de Cipriano un típico yanomami.

Siete días después de internado el herido en la choza salió el pajé a media mañana. Detrás Cipriano que aunque pálido, desencajado y enjuto, le seguía, atada la cintura con un bejuco casi seco. Después me contó Andrés que mientras el bejuco se secaba la salud del paciente volvía pues este absorbía la vida de la enredadera. Tenía que ser un bejuco de los que trepan. No pude evitar una carcajada estrepitosa al verlo con las nalgas al aire caminando con el chamán hacía el río. Volvió Cipriano la cabeza y me miró severamente.

Dentro del río el chamán entonó melodías similares a las que antes había escuchado, y con una piedra afilada cortó la enredadera que se alejó flotando en la corriente. El enfermo hubo de zambullirse siete veces en las aguas, luego de lo cual el brujo se retiró a su choza desentendiéndose por completo de Cipriano a quien había dado de alta y, aunque todavía convaleciente, curado. El doctor Antonio exclamó:

—¡Cómo tenemos que aprender de estos hechiceros!

Nada más que pudo, Cipriano fue y se puso los pantalones. El doctor Antonio quiso que Cipriano tomara un ciclo de antibióticos a lo que este se negó diciéndole:

—El que ve a un médico es un sabio, pero el que se atiende con dos: un loco.

Libertad se convirtió en el fiel lazarillo del enfermo que cada vez se fortalecía más y tenía el apetito de un yanomami. El chamán le indicó que solo comiera carnes y pocos vegetales. Le prohibió la leche de la vaca y le recomendó baños en el río. De vez en vez lo llevaba a su choza y le hacía aspirar el humo de su bracero donde ardían yerbas narcóticas, y Cipriano salía muerto de risa de la choza del chamán, con la boca espumosa y un hambre terrible. ¡Menos mal que esta terapia solo duró tres días! Suelto por completo del chamán, Cipriano se dejó auscultar por el doctor Antonio, quien comprobó que los pulmones funcionaban y que las heridas habían cicatrizado. Napeyoma las untaba en la mañana y la tarde con una pomada que le había dado para ello el pajé.

—¡Increíble, pero cierto! —decía el doctor.

Cuando tuvimos reposo para hablar le pregunté en una de esas tardes:

—¿Por qué disparaste al aire?

—Es preferible liberar a un culpable que culpar a un inocente —fue su respuesta—. A aquellos desdichados se les había puesto en una situación difícil. Si ellos eran culpables también lo era Libertad; además, aunque brutal, dadas las circunstancias, su delito no clasificaba para la pena de muerte. Había atenuantes. Si hubiera matado a priori, sus muertes me perseguirían toda la vida. Luego las cosas se presentaron en la forma en que vinieron y sucedió lo inevitable. Si no es por Andrés mi muerte y el suplicio de Libertad se habrían consumado. Si no fuera por todos ustedes ahora mis cenizas serían cagajones a campo traviesa.

Hicimos silencio y cada uno se enfrascó en sus cavilaciones. Es cierto, pensé, muchos de nosotros tuvimos una parte en la salvación de Cipriano, ¿quién más y quién menos? No creo que me corresponda evaluar. A su vez, sin Cipriano, ¿qué habría sido de todos? En realidad todos nos debemos los unos a los otros. Sin la asociación pacífica y desinteresada el ser humano no sería superior a los animales salvajes. Es el grupo fraterno y no la manada lo que nos salva. Cuando nos comportamos como manada y no como grupo, entonces el fantasma de Darwin revoletea y anuncia con sobrada razón: «solo los que mejor se adaptan sobreviven», pero no es así. No es la victoria de los más fuertes ni de los mejor adaptados, sino de los más esforzados, los más humanos, los más sensibles. Sin la vaquilla, ¿qué sería del bebé, y de todos? Sin Ángel Moreno y sus remedios ¿en dónde estaría la anciana Consuelo? El caballo fue casi imprescindible en todo momento, y aunque el doctor fue muy útil, el protagonista final fue el chamán, de eso no cabe la menor duda, pero la gloria es para el único que la merece. La gloria es siempre para Dios.

–Te salvó la Providencia –le dije.

–Yo también lo creo –contestó.

A finales de febrero llegó el helicóptero de la Misión. Federico, como todo apasionado en lo que hacía, vivía imbuido en su labor, y si algo escuchó de un avión colapsado en vuelo ya casi lo había olvidado. Para los pasajeros el suceso de un avión perdido en las costas de Brasil estaba a flor de piel. El por qué no se monitoreó hasta el final es asunto que todavía se investiga. Lo que pasó en la cabina, sumergida en un barranco y en la cual ciertamente se encontró evidencia de drogas, tal vez no se sepa nunca. Del desastre que había tenido lugar setenta días atrás el 14 de diciembre, quedábamos diecisiete personas con vida y cuatro animales.

La noticia del hallazgo de supervivientes se envió a Manaos al instante y de ahí corrió a todo el mundo. Fue para tristeza y luto de decenas de amigos y familiares de los desaparecidos, y para regocijo y alegría de los nuestros que nos supieron salvados. Acababa de empezar otra vida para nosotros.

Manmón contactó con su poderoso mundo dándoles la posición de dónde estábamos, y mandó a buscar un helicóptero para el transporte de equipos pesados. Explicó que le mandaran equipamiento y un veterinario para llevar, izados por aire, una vaca, un caballo y un ternero, que irían provisionalmente al municipio de Coari, atravesando la floresta amazónica al norte de nuestro campamento, hasta ser trasladados a la Argentina. Poco después el helicóptero misionero que atendía al hermano Federico se convirtió en toda una estación de radio.

La pista solo daba cabida para un aparato, pero aun así varias aeronaves de este tipo nos sobrevolaban y dejaban caer paracaídas con provisiones. Convenimos en no abandonar lo que considerábamos nuestro hogar y nuestra familia sin antes despedirnos. Se programaron dos helicópteros para un traslado inicial a Coari, desde donde partiríamos hacia Manaos para luego encaminarnos a nuestros hogares.

Antes de partir el hermano Federico y yo fuimos con las autoridades en una aeronave al lugar del siniestro para identificarlo y que se tomaran los datos pertinentes.

El día siguiente fue de mucha emoción y abundantes lágrimas. A todos nos entristecía el momento de la separación. Fue una noche de vigilia en la que solo durmió el bebé. Era el disfrute final del tiempo que nos quedaba juntos. En la mañana sería nuestra despedida de los yanomamis.

Manmón no se separaría más de los animales y del kurdo, pues se fue con el último animal en la aeronave con Mozaffar. El sacerdote Ramón regresaría para trabajar junto al hermano Federico con los yanomamis, en los que encontró su verdadera vocación misionera.

Al día siguiente el jefe Javari nos hizo una fiesta y nos colmó de regalos. Nosotros les dejamos todos nuestros útiles, salvo las armas de fuego que entregamos a las autoridades.

El chamán escuchó halagado las palabras del doctor Antonio quien le dijo:

—Tu medicina es mejor que la mía, y en mi país contaré que el mejor médico del mundo se encuentra en esta aldea.

166

Napeyoma y Waika nos abrazaron dulcemente. Todos nos despedimos a nuestro modo y los jóvenes cargaron tanto a Alma Virgen de collares, pulsos y pendientes, que la pobre joven apenas podía andar. Jamás en el mundo doncella alguna fue amada ni recordada tanto.

Al mediodía dos helicópteros militares nos trasladaron al municipio de Coari, en donde nos reunimos con Manmón y Mosaffar que nos esperaban junto a los animales.

Ya en la civilización los hombres nos afeitamos por primera vez en mucho tiempo, y todos nos vestimos adecuadamente después de setenta días en la selva. Se nos hizo un chequeo médico y a todos se nos tomó declaración de los hechos. Entregamos todas las identificaciones que guardábamos y las huellas dactilares del malhechor muerto.

Epílogo

Casi todo se lo guardó Manmón. No en balde sabía, haciendo negocios, llevar la mejor parte. Pero todo lo que se fue con él no se lo expropió a nadie ni se lo llevó para adorarlo, maltratarlo o dilapidarlo, ni en oposición a ninguno de nosotros.

Los animales deambulan libres en una de sus haciendas que actualmente es su residencia en la Pampa argentina. Con él vive el kurdo Mozaffar que ahora, además de degustar el té, disfruta del aromático mate. Su esposa y sus tres hijos vinieron a él desde un campo de refugiados en Turquía, desde donde los trajo Manmón, y ahora solo añora desde lejos su inexistente patria. Es hoy el Kurdistán un país arrendado por sus legítimos dueños. Quienes legalmente lo controlan no lo entregan, porque en el subsuelo hay petróleo.

Es cierto que Manmón tiene mucho, pero sus riquezas no son de despojos. Manmón se casó con Leonora y Camilo se matrimonió con Rosario, quien había descubierto su vocación por la maternidad cuando cuidaba al bebé. Ellos adop-

taron al niño huérfano. Alma Virgen también se fue con
Manmón, prohijada por Leonora y el millonario, quienes la
quieren como si fuera nacida de ellos. ¿No es cierto que casi
se lo llevó todo?

A mí me propuso que me fuera con él y que olvidara a
Bacu, pero los árboles no se trasplantan viejos, y como está
dicho: «Vuelve el buey viejo al peladero en donde se crio».
Fuera de aquí solo me sentiría bien con los yanomamis y no
tengo vocación.

Voltaire regresó a Chile desde donde escribe un libro sobre nuestra odisea y, hasta donde conozco, sigue con sus
ideas materialistas.

Isaac vive en Israel, hace poco se casó con una judía ye-
menita.

El doctor Antonio y su esposa Laura están en Santo Domingo y con ellos Consuelo, de quien no quisieron separar-
se. Dios no les concedió hijos a esta pareja pero sí un corazón muy grande.

El sacerdote Ramón regresó con el hermano Federico
después de cursar seis meses, y hace su labor con él en la
obra misionera con los yanomamis.

Ángel Moreno sigue de andarín. Ahora anda por Bolivia y
gasta sus rentas en visitar todo el mundo hispanoparlante.
Una vez le escuché decir: «Los 400 millones de personas
que hablan el español esperan mi visita».

Cipriano y la cantaora Libertad se casaron y son misione-
ros en Bolivia. Han adoptado dos niños y ella está ahora
encinta. Son muy felices.

Yo, Filomeno Florido, regresé a Bacu «con el alma a rastras» y el corazón regado en una inmensa geografía, con
más palabras en la cabeza que posibilidades de expresarlas y
creo que con estas bastan. Ando cargado con la sangre de
dos hombres que no pesa en mi conciencia. De vez en vez
me llega una carta que me trae los olores de la amazonia y el
amor de dieciséis personas. Sueño con los yanomamis que
no escriben cartas. Cuando llueve me imagino que son las

lágrimas que derraman por su tierra herida y violentada. No he dejado de rogar por ellos, por la floresta y el Kurdistán. Cuando veo a un ser humano que es maltratado recuerdo a aquel que languidece en una cárcel de Turquía.

4 de noviembre de 2006

SOBRE EL AUTOR

Oscar Ramón Gil Leal. Nací el 24 de mayo de 1953 y terminé mis estudios en el sexto grado, siendo mi maestro en este último curso el amado profesor Manuel Navarro, hombre culto y gentil que desapareció de mi vida cuando emigró para los Estados Unidos y de quien no volví a saber. Traía su microscopio al aula y nos llevaba en su pequeño carro a la floresta, para enseñarnos sobre las plantas.

Fui a la cárcel política siendo el preso número 501,181. Tenía 19 años. Mis delitos fueron que mi padre tenía unas pocas propiedades; que mi familia quiso salir del país; que nunca fui pionero ni cederista; que confesé mi fe en Dios cuando otros proclamaban su ateísmo. Compañero de celda de Matamoros, Abreu, Santana y de Pablo Alfonso Conde, entre otros.

Fui a la cárcel común donde pasé seis meses de castigo por no trabajar en el campo para el gobierno, cuando mi papá tenía una finca de cuatro caballerías que fue el último bien perdido. La llamada «Ley de la Vagancia» o 1251 me condenó. Me faltaban cinco meses para cumplir 20 años.

46206065R00099

Made in the USA
Middletown, DE
25 May 2019